KB252655

별꿀이얏!

별꼴이얏!

유자람 지음

좋은땅

오늘도 지구 어디에선가, 맡은 임무를 성실히 수행하고 있을
수많은 [별들]에게 바칩니다.

목 차

내 이름은 '울라까꾸 빨라시'이다.

이름을 듣고 예상한 것처럼, 나는 원래 지구인이 아니다. 어마
어마하게 먼 미래의 행성에서 일종의 임무를 위해 광속으로 날아
와 지구인으로 다시 태어났다. 말하자면 우리 행성에서 보낸 정
보원인 셈이다. 그리고 또 뻔히 예상했듯이 흔한 SF영화나 소설
에 등장하는, 그런 어마무시하게 고도로 발달된 무기를 장착하고
민첩한 동작과 0.1초 단위로 휙휙 재빠르게 돌아가는 지능을 갖
춘 '외계인'과는 거리가 먼…… 아주 작고 미흡하고 느리디느린 존
재이다.

1

지구의 정보원으로 태어나다

지구의 먼 미래인 우리 행성은 [문제]가 없었다. 지구의 모든 문제를 제거한 곳이 우리 고향이었다. 우리 행성은 모든 구성원이 평등하고 평균적이고 평화로운 그야말로 파라다이스였다. 그런데 지구의 모든 불합리함을 제거한 그 합리적인 행성에서 더 이상 새 생명이 잉태되지 않았다. 이른바 생식능력이 도태된 것이었다. 아마도 평균 수명이 200년에 달하고 모든 것이 평온하고 평등한 세상이 되다 보니 삶을 다음 세대까지 지속시키고 싶은 '재미와 쾌락'이 사라졌기 때문이리라. 뭐든 좀 부족하고 내가 못 이룬 것을 다음 세대에서 구현하고 싶은 마음이 있어야 종족유지의 본능이 활발할 텐데 그 의지가 꺾여 버린 것이었다.

우리 행성은 대책을 연구했고, 수명이 끝나 영혼이 사라져도 육체는 플라스틱 같은 고체로 남아 있는 우리의 몸에 새 영혼을 불러들이기로 결정했다. 지구에 사는 사람들은 죽은 후에 천국에 가서 영생을 살기를 염원하지 않는가. 굳이 따지자면 지구인들은 우리 행성인들의 조상님이나 마찬가지이니 미래에서 온 후손이 미래로 공손히 모셔 가는 것은 도덕적으로도 실리적인 면에서도 흠이 될 일이 아니라는 계산이었다. 나는 지구에 와서 임무를 수행해야 했다. 100년 동안 지구인들과 더불어 살면서 지구인들을 관찰하고 분석해야 했다. 수명을 다하고 죽는 사람들 중에서 [착하고 따뜻한 마음씨를 가지고 일평생 열심히 살았던 사람들의 영혼을 선별한 후에 우리 행성으로 보내서 200년을 더 살게 해 주는 것].

　그것이 나의 임무였다.

　그 임무를 수행하기 위해 나는 느리고, 더디고, 말을 못 하고, 글도 못 쓰는, 이른바 [장애인]으로 태어나야 했다. 그럼 그렇게 느리고 더딘데 어떻게 수정 자체가 성립될 수 있었냐고? 물론 아빠의 정자가 엄마의 난자를 만나는 그 순간에는 나 살려라 내달렸고, 엄마의 포근한 아기집에 안착하고 나서는 힘을 빼고 비실비실해졌다. 엄마가 탯줄로 보내 주는 영양분도 대충 먹고 아빠가 동화책을 읽어 주며 정성껏 하는 태교도 슬쩍 듣고 넘겨 버린 후에, 나는 [완벽한 정보원]으로 태어났다.

2

엄마, 울지 말아요

나는 지구에 와서 많은 것을 알게 되었다. 물론 알고 깨달은 것을 [아는 척]할 순 없었다. 머릿속으로 생각만 할 뿐, 겉으로는 항상 모르는 척 바보처럼 굴어야 했다. 그래야 지구인들이 '쟤는 아무것도 몰라' 하면서 자신들의 민낯을 아무 때나 드러내기 때문에, 나는 그들의 경계의 대상이 되지 않고도 식은 죽 먹기보다 쉽게 정보를 수집할 수 있었다.

우리 행성에서는 아이큐 200이 평균적이기에 나는 그 어떤 지구인보다도 똑똑하지만, [아이큐 55]로 살아가기가 내 임무이기 때문에 어쩔 수 없지 않은가.

그럼 지구에 살고 있는 모든 발달장애인들이 외계인이냐고? 그건 단연코 아니다. 내가 알기로는 지구에 파견된 정보원은 100명 정도이고 각양각색의 모습으로 위장하기 때문에 다른 정보원이 누구인지는 파악하기 힘들다. 발달장애인 중에 어떤 특정적인 분야에서 천재적인 재능을 발휘하는(퍼즐 천 피스를 맞춘다든지, 지하철역 삼백여 개를 다 외운다든지, 악보도 없이 피아노를 친다든지, 법전을 술술 외운다든지) 경우가 있지 않은가? 그런 경우에 물론 외계인이 아닌지 의심할 법하지만…… 만약에 그들 중에 정보원이 있다면, 그들은 지구의 '부적응자들'이다. 그러니까 정보원의 임무를 망각하고 있는 것이다. 지구의 정보를 남김없이 빨아들이려면 우리 스스로 백지 같은 상태를 유지해야 하는데 그들은 바보인 척하는 게 너무 답답해서 자기도 모르게 한 번씩 천재

성을 표출하는 것이다.

나는 지령을 잘 지키고 있는 지극히 모범생이다. 나라고 내 천재적인 재능을 발휘하고 싶지 않겠냐고? 이건 비밀이지만, 나는 지구 엄마의 일기장을 읽고 다 이해할 수 있고, 내 최애 아이돌인 '아이브'의 장원영, 안유진의 파트를 싹 외워서 춤출 수 있고, 유치원의 담임 선생님이 오늘 무슨 일로 기분이 안 좋으신지 모두 파악할 수 있다. 다른 친구들은 선생님의 기분을 살피며 좀 더 차분하게 굴지만, 나는 그냥 화장실도 더 자주 가고 더 막장으로 치닫는다. 왜냐하면 '임무'에 충실해야 하니까.

그래도 엄마가 선생님의 전화를 받고 눈 밑이 부들부들 떨릴 때는 잠깐 정보원의 신분을 망각한다. 아무리 임무가 중요해도 우리 엄마는 살려야 하니까. 또 나도 살아야 하니까. 그럴 때는 얼른 이불을 푹 뒤집어쓰고 애착 베개의 냄새를 맡으며 졸리는 척한다. 그러면 엄마는 '우리 애기가 오늘 컨디션이 안 좋았구나' 하면서 이불 위로 토닥토닥 쓰다듬어 주신다. 그럴 때 나는 지령을 어기는 행동을 한다. 느껴서는 안 될 감정을 느낀다. 엄마가 불쌍해 보인다. '엄마, 미안해요. 울지 말아요' 하고 속엣말을 한다. 엄마가 이렇게 사랑으로 다듬어 주셔서 제가 언젠가는 끝끝내 완전한 인간이 될 거예요. 오랜 세월 모진 풍파에 다듬어진 그 아찔하게 황홀한 주상절리 암벽처럼 '아름다운 사람'이 될 수 있어요. 엄마의 헌신과 사랑이 그렇게 완벽한 조각품을 만드는 거예요. 정말

뿌듯하지 않겠어요?……

나의 이런 은밀한 위로를 엄마가 알아차리고 위로를 받고 힘을 얻었냐고? 위로는 개뿔! 은밀한 신호를 알아차릴 수도 없었지만 눈치챘다 해도 별 뾰족한 수는 없었다. '언제? 어느 세월에? 엄마 죽고 난 다음에? 엄마 무덤 앞에서 훌륭한 사람이 된들 무슨 소용이니?' 하는 면박이나 먹었을 것이다. 숨어서 우는 엄마의 울음은 한동안 계속되었고, 대놓고 울어 젖히는 나의 불안한 울음도 오랫동안 계속되었다.

3

오른쪽 버튼을 누르다

돌잔치를 치르고부터 고향의 별과 교신을 하게 되었다.

왜 돌이 지나서이고, 왜 1년밖에 못 쉬고 일을 시작했냐고? 아주 어린 아기의 해맑은 마음은 새하얀 첫눈 같은 상태이지 않은가. 그때부터 겪은 일을 차례대로 알려 주어야 할 거 같아서 돌이 지나고 바로 일을 시작했고, 그나마 손가락 힘이 좀 길러져야 교신이 가능했기에 돌은 되어서야 임무에 돌입하게 된 것이다.

[교신]이라…… 되게 거창하게 들리지만 사실 담백하고 짧은 형식적인 절차이다. 내 몸속에는 고향 별에서 심어 놓은 작지만 고성능의 칩이 숨겨져 있다. 물론 엉덩이 깊숙이 숨겨져 있다면 더 좋았을 수도 있지만, 갓 돌이 된 아이가 꾹꾹 누르기 편하려면 엉덩이는 좀 불편한 위치였다. 그리고 어렸을 때의 그 수많은 필수 예방접종을 하다 보면 엉덩이는 너무 노출되기 쉬운 장소(?)였던 것이다.

그래서 내 양쪽 찌찌 밑에 칩이 숨겨져 있었다. 고향 별과의 교신은 오른쪽 찌찌를 세게 꾸욱 세 번 누르면 가능했고, 당연히 '니꼬니꼴 빠리다께 꼬꼬뿌시 삐리리 보스꼬이삐까. 싸리피스 따리 빠꼬 티티이이리쪼쪼꼬꼬 소로로로로로 삐꼴삐꼴 울라까꾸 빨라시' 같은 종류의 고향의 언어로 마무리되었다.

혹여 누가 듣는다 해도 돌 무렵 아기의 흔한 옹알이로 이해했을 것이다. 옹알이를 길게 한다고 칭찬했을 수도 있다.

지구 엄마가 내 기저귀를 갈고 목욕도 시켜야 하니까 교신 버튼임을 눈치채지 못하게 설치할 곳은, 양쪽 찌찌밖에 없었다. 그러니 버튼은 버튼일 뿐, 성희롱이나 성추행으로 오해하는 일은 부디 없기를 간곡히 부탁드린다.

돌이 되기 전까지는 찌찌를 만질 수는 있었어도 그저 두 손이 바둥거리느라 스쳐 지나갈 뿐, 깊숙이 세게 누를 수가 없었다. 아기였을 때는 손아귀 힘이 부족해서 무언가를 누르거나 움켜쥐기가 능숙하지 않은 법이다. 그래서 손가락 힘이 생길 때까지 기다린 기간이 [첫돌]이었다. 1년 동안은 자의적·타의적으로 그저 아기로서의 평화롭고 따뜻한 시간을 보낼 수 있었으니 돌이켜 봤을 때 참 다행이었다.

오른쪽 찌찌는 두세 달에 한 번씩 일상적인 교신을 할 때 사용했고, 왼쪽 찌찌는 알려야 할 아주 급한 일이 있거나 목숨이 위태로운 위급상황일 때 구조 신호를 보낼 수 있었다.

그러니까 내 왼쪽 찌찌는 내 몸을 지키는 119라고 생각하시면 될 것이다. 그리고 이건 탑시크릿인데, 내 왼쪽 찌찌에는 구조 신호 말고도 중요한 기능이 하나 더 탑재되어 있다. 하지만 지금 내 처지가 하고 싶은 말을 다 할 수 있는 형편도 아니고 탑시크릿이니만큼 지금 알려 줄 수는 없다. 짐작하신 분도 계시겠지만, 나의 고향에는 내 부모님이 살아 계시지 않는다. 평균수명이 200년이라고 해서 모두 무병장수한다는 뜻은 아니다. 우리 부모님은 [유병단명]하셨다. 고향에서의 내 나이는 지구로 치면 열 살 정도였으니 당연히 결혼도 안 했고 자녀도 없었다. 그래서 나름 까다로운 [정보원 테스트]를 통과한 것일지도 모른다. 심사위원들이 생각할 때, 딸린 가족이 없다는 것은 고향을 미련 없이 떠나오고 지구에 쉽게 적응할 수 있다는 아주 큰 [자격]이었을 것이다.

물론 심사위원들이 그렇게 쉽게 결정을 내린 탓에 나는 이 지구에서 어렵고도 긴 지난한 삶을 시작해야 했으니……

4
엄마는 악마다

지구 엄마는 나를 키우기가 너무너무 힘들었나 보다. 매일매일 같이 죽으려고 계획하는 듯했다. 하긴 지구에 와서 알게 된 것 중에 [계급도]라는 것이 있다. 대학별 계급도에, 지역별 계급도에, 연봉별 계급도에, 하물며 결혼상대자 계급도조차 육각형이니 삼각형이니 나누고 있었으니 더 말해 뭐 하겠는가. 그러니까 쉽게 말해 계급 나누기 천재들이 사는 '대한민국'이라는 나라에서 우리 엄마와 내가 살아 낸다는 것이 [극한 직업]이라는 뜻이다.

그 힘든 와중에 발달센터에서 같이 친분을 나눴던 '어떤 엄마'가 우울증과 공황장애를 앓나가 하늘나라로 떠난 후에, 지구 엄마노 '마음 둘 곳'을 잃어버린 듯했다.

'갈 테면 엄마만 가세요. 저처럼 조그맣고 깡마르고 모자란 딸까지 데려가실 필요 있으세요? 이 어린 목숨 꺾어 내기 불쌍하지도 않으세요? 저는 지구에서 95년을 더 살아 내야 한다고요!' 나는 마음속으로 울부짖었다. 무책임하고 나약하고 이기적인 지구 엄마를 경멸했다.

"내가 죽을 거면 너와 함께 죽어야 해. 너를 키우기 힘들어서 죽는 마당에 나 혼자만 죽으면, 너같이 작고 모자라고 번잡하고 불쌍한 아이를 누가 수발들 수 있겠니? 너희 아빠와 오빠들도 각자 자기 인생이 있는 거야. 너 같은 아이를 키울 수 있는 사람은 이 지구 위에서 오직 한 명뿐이야. 이 엄마뿐이라고! 그런데 자꾸 용기가 사라지고 있어. 매일 머리카락이 한 올씩 빠져나가듯 용기

도 매일 한 자락씩 빠져나가 버려. 마음을 둘 곳이 없어. 사는 게
재미가 없어. 먹는 게 맛있지가 않고 돌을 씹는 기분이야. 하루하
루가 너무 길고 지긋지긋해. 빨리 시간이 후딱 지나가서 할머니
가 되어 죽어 버렸으면 좋겠어.”

엄마가 내 등을 쓸어 주면서 덤덤하게 신세타령을 하셨다. 목소
리가 너무 작아서 오히려 더 무서웠다.

[용기]라…… 내가 지구에 와서 가장 간절하게 원했던 것이 바
로 그 ‘용기’였다. 아기상어 장난감이나 하츄핑 인형만큼 용기 인
형을 갖고 놀고 싶었다. 나는 처음에 엄마를 오해했다. 용기가 엄
마의 학창시절 첫사랑 이름인 줄 알았다. 지구 아빠의 이름이 [이
민기]였으니까 용기도 흔하디흔한 아저씨 이름인 줄 알았던 것
이다. 그래서 저렇게 재미있고 자상하고 든든한 아빠를 두고 웬
용기 아저씨 타령이냐고 아빠한테 어떤 식으로든 일러바칠 참이
었다.

“현우 엄마는 몸에서 용기가 다 바닥났나 봐. 용기가 많을 때는
그렇게 밝고 씩씩했던 사람이었는데…… 나보다 젊은 사람이 그
런 선택을 했을 때는 물 한 방울 없이 메말라서 쩍쩍 갈라지는 논
바닥처럼 더 이상은 버틸 수 없어서였겠지. 휴우.”

엄마가 모기 소리보다 작게 힘없이 웅얼거리셨다.

그때서야 나는 알아챘다. 용기는 엄마의 첫사랑 이름 따위가 아
니고 [마음에 물을 주는 일]이라는 것을. 그렇구나. 마음에 물이

바닥나면 현우 엄마처럼 인생을 포기할 수도 있구나. 그래서 나는 엄마에게 용기를 주기로 했다. 후다닥 싱크대로 달려가 설거지하는 양푼에 물을 가득 담아서 낑낑거리고 들고 와서 엄마 뒤에서 엄마 머리 정중앙에 부었다.

촤르륵.

에효. 그날이 내 제삿날이 될 뻔했다. 드라마를 보시다 물벼락을 맞은 엄마는 비 맞은 생쥐꼴로 하다하다 별짓(?)을 다 한다고 울부짖었고, 아빠와 오빠들은 워터파크가 되어 버린 거실을 담요와 수건을 총동원해서 물기를 닦아 내느라 절퍼덕거려야 했다.

다행히 엄마는 용기가 완전히 바닥나 버리지는 않으셨다.

내가 그동안 못 했던 말을 새롭게 한 마디씩 내뱉을 때마다(수박을 먹으며 '슈~빡'이라고 발음하고, 팔꿈치를 '파꼬치?'라고 발음하는 식으로) 세상을 다 얻은 듯 기뻐하시며 용기를 하나씩 둘씩 다시 채우셨다. 또 나의 엄마이기만 한 것이 아니라, 오빠들의 엄마이기도 하고 아빠의 부인이기도 하다는 사실을, 바로 오늘 아침에 새롭게 깨달은 사실처럼 각성하고 또 다짐하셨다.

그렇게 엄마는 나의 존재를 받아들이고 조금씩 변화하셨지만 아직도 여전히 부족한 부분이 많으셨다. 그동안은 나를 데리고 외출할 때 나를 지적질할 만한 마귀할멈들을 마주치면, 엄마는 본능적으로 알아채시고 [숨어, 잽싸게. 소리도 없이, 흔적도 남기지 않고]를 시전하셨다.

보통의 사람들이 (장애인 통계)를 접할 때마다 '어? 나는 내 주변에서 별로 못 봤는데 장애인이 이렇게나 많아?' 하고 머리를 갸우뚱거리는 이유가 바로 여기에 있었다. 장애인의 보호자들이 마치 홍콩 무술영화에 나오는 무술의 달인처럼 잽싸게 숨고, 소리도 없이 흔적도 남기지 않고 사라지기의 달인들이었기 때문이다. 그 달인이 되느라 우리 엄마도 육중했던 몸무게가 살이 꽤 빠져 날씬해졌으니 말이다.

우리 엄마가 나를 좀 더 이해하고 사랑하게 되셨지만 모든 일에는 [작용과 반작용의 법칙]이 있는 법. 엄마가 그냥 나를 더 사랑하는 것으로만 끝났으면 좋았으련만, 엄마는 역시 [비교와 저울질로 행복의 무게를 재는 보통의 지구인이 확실했다. 그래서 엄마가 가끔 실없는 망언을 할 때마다 내가 찡찡거리며 엄마 옷자락을 잡아당겨서 그 현장을 벗어나야 했다. 내가 제어 안 되는 우리 엄마를 한번씩 바로잡아 주는 중심추 역할을 하는 것이었다.

'엄마, 그러지 말아요. 이른둥이로 태어나 아직 온몸이 채워지지 않은 그 애 엄마 앞에서 제 몸무게가 적게 나간다고 푸념을 하면 어떡해요? 빼빼 마른 제 몸무게일지라도 그 애의 두 배는 나갈 텐데…… 휠체어 타고 다니는 저 아이의 엄마 앞에서 제가 놀이터에서 씽씽 그네 타는 걸 가장 좋아한다는 자랑을 하면 또 어떡해요? 저 아이는 자기 힘으로 한 발짝 걸어 보는 게 소원일 텐데…… 그리고 이건 비밀인데요. 제가 그네 타기를 가장 좋아하는 이유

   별꼴이얏!

는, 땅바닥에 발바닥을 탁 하고 튕기고 휘이잉 날아올라 공중에 잠깐 머무를 때 고향에 가 있는 기분을 느끼기 때문이에요. 고향에서는 걷지도 않고 차를 타지도 않고 천천히 날아서 이동하거든요. 그래서 그네를 타고 클라이막스에 이르는 그 순간에 고향을 방문한 듯 향수병이 잠깐 치유되거든요' 하며 마음속으로 엄마와 소통하고 있었다.

5

약을 이야기하다

유치원 졸업반일 때, 엄마가 작고도 큰 고민을 시작하셨다.

유치원 담임 선생님께서 우선은, 내가 잘 해내고 있다고 기특하다고 칭찬을 해 주셨다. 하지만 안타깝게도 아직 유치원과 선생님·친구들에게 완전히 스며들지 못했다고, 그러니까 쉽게 말해 사회에 대해 불안감을 많이 느끼고 있다고 말씀하셨다. 오해하지 말고 들으시라고 운을 떼고는 **[약]**을 좀 먹어 보는 것도 도움이 될 거라고 권유하셨다.

엄마도 처음에는 그 약이 조선시대의 '장희빈'에게 내려진 새까맣고 쓰디쓴 사약이라도 되는 것처럼 분노하시고 억울해하시고 참담해하셨다.

하지만 결국 엄마의 자존심이나 주변의 선입견보다는, 딸의 경직된 마음을 좀 더 따뜻하게 완화시켜 주는 영양제가 있다면 당연히 사 주는 게 맞지 않겠냐는 순전한 엄마의 마음으로 병원을 방문하셨다. '불안'이라는 늑대가 날카로운 이빨을 드러내고 수십 마리 무리 지어 컹컹컹 짖어 대고 있는데, 그 무서운 무리에서 1초라도 빨리 내 자식을 구해 내고 싶은 것이 진정한 엄마로서의 본능이 아니겠는가?

그리고 결론부터 말하자면, 그 약은 괜찮았다.

그 '불안' 때문에 나도 한번씩 마음이 솟구쳐 올라서 짜증을 많이 내기도 했고, 그런 나를 감당하기 힘들어서 엄마나 주변인들도 역시 마음이 솟구쳐서 짜증을 확 내시며 모기 후려치듯 혼내기도 했었다. 약이 그 악순환을 끊는 일종의 [매개체] 역할을 해 주었다. 최대 처방 용량이 15mL라는 약이었는데, 나는 3mL를 처방받았다. 그 용량은 나에게 적절했고 그야말로 영양제 정도의 역할을 해 주었다. 내 마음에 크고 작은 파도를 일으키던 불안이 잔잔하게 잦아들어서 나의 일상생활도 차분함을 받아들였다.

그렇다고 약이 모든 것을 해결한다고 오해하지는 마시라. 약은 그야말로 선순환의 시작점을 열어 준 것일 뿐이었다. 약 덕분에 좀 덜 불안해졌을 때, 가족들이 사랑을 마구마구 퍼부어 주어야 한다. 마치 쓰나미처럼, 부담스러울 정도로, 기하급수적으로 말이다. 이게 약의 효과인지 사랑의 효과인지 헷갈릴지라도, 결과적으로 덜 불안해지고 더 차분해진다.

그 전에는 높은 의자에 앉아서 다리가 바닥에 닿지 않은 채로 좀 대롱대롱거리는 느낌이었다면, 이제는 낮은 의자에 앉아서 발이 땅바닥에 딱 붙어 있는 그런 [안정감]을 맛보았다. 이거야말로 약과 사랑의 시너지 효과이며, 의학과 감정의 결합인 것이다. 그러니 처음 약을 선택할 때, 보호자가 너무 죄책감을 갖지 않기를 바란다. 대신 약만 꾸역꾸역 먹이며 개과천선을 기대하지 말고, 약 먹일 때 마시는 물에 엄마의 사랑 한 스푼을 꼭 첨가하시길 권장드려 본다.

약을 먹은 후로, 그 약이 내 맘에 꼭 들었나 보다. 엄마랑 다이소에 가서 저가쇼핑을 마음껏 하기로 한 날이었다. 나 때문에 요새

부쩍 새치가 늘어난 엄마가 염색약을 사야겠다고 말씀하셨다. 엄마가 깜빡하고 잊어버리면, 염색약 사라고 말해 주라고 부탁하셨다. (물론 엄마의 건망증을 핑계로 나를 교육시키는 행위다.)

다이소에서, 당장 필요하지는 않지만 언젠가는 필요해질 자질구레한 물건들(귀여운 내 새끼들)을 한 바구니 가득 채웠다. 행복감이 다이소의 높은 천장을 뚫고 올라갈 때, 큰 소리로 외쳤다.

"엄마~~~~~~~ **약!**~~~~~~~~"

엄마가 집에서 요상한 비닐들을 두르고 셀프 염색을 하실 때, 나도 우리 엄마 섦어시라고 내 사랑 한 스푼을 염색약 빈죽에 슬그머니 넣어 주었다. 에헷.

6

별꼴이얏!

안 힘들었다고 하면 거짓말이겠지만, 그래도 정해진 시간은 흘러가고 있었다. 엄마와 함께 놀이터에 가서 그네를 맘껏 타고 향수병을 조금 치유하고, 근린공원의 산책로를 천천히 걸어오고 있었다. 바로 앞에 어떤 할머니가 귀여운 푸들을 데리고 산책하고 계셨다.

[노파와 푸들을 쫄래쫄래 따라 산책하는 풍경]이 간만에 낭만적이라고 생각하며 마음이 푸근해질 때였다. 푸들이 갑자기 멈춰서더니 끄응 힘을 주고 똥을 누었다. 그럴 수도 있지. 너무 급했다보다 하고 이해하려는데 할머니가 우리를 웩 져나보시너니 그 똥을 그대로 두고 갈 길을 재촉하셨다. 내 손을 잡은 엄마의 손이 부들부들 떨렸다. 아. 무슨 일이 일어나겠구나……

"저기요. 어르신. 산책로인데 강아지 똥은 치우고 가셔야죠? 주민들이 밟기라도 하면 어떡해요? 밤에는 잘 보이지도 않을 텐데요."

엄마가 예의를 갖춰서 말씀드렸다. 만약에 비닐봉지가 없다면 엄마가 핸드백에 챙겨 다니는 1회용 비닐봉지라도 꺼내 드리려고 핸드백을 뒤적이셨다. 그런데 웬걸?

"우리 로미 똥이 얼마나 구수하고 영양가 있는데? 비 내리면 쓸려서 나무 밑에 거름 되라고 일부러 안 치운 건데? 그쪽 애기 상태를 보자 하니 우리 로미와 별반 차이도 없어 보이는데 얻다 대고 지적질이야? 애기 엄마, 내가 걱정돼서 특별히 얘기해 주는 건데 시간 있을 때 TV에서 《개는 훌륭하다》는 꼭 챙겨 보슈. 우리 로미 키우는 데 도움이 많이 되거든.”

할머니가 숨도 안 쉬고 떽떽거리시다가 퍼뜩 정신이 드셨는지 푸들을 앞세우고 급히 발걸음을 옮기셨다.

툭! 엄마의 핸드백이 바닥에 떨어졌다. 오마이갓! 이제 저 할머니 얼마 안 남은 머리카락 다 뽑히는 거야? 후덜덜.

‘에이, 씨팔. 이 미친 할망구야! 얼다 대고《개는 훌륭하다》를 시청하래? 우리 애가 개로 보여? 머리카락은 손에 잡히지도 않을 테니 저녁 온전히 드시고 싶으면 틀니나 미리 빼놔! 어디 한번 붙어 보자!’라고 고래고래 소리 지르고 욕을 퍼부으실까?

그래도 아직 엄마가 욕하는 것은 들어 본 적 없었는데……

그런데 조용했다. 할머니랑 푸들이 엉덩이를 살레살레 흔들며 저 멀리 사라질 때까지 아무 소리도 들리지 않았다. 5분쯤 후에 엄마가 핸드백에서 비닐봉지를 꺼내서 로미의 똥을 치웠다. 끈을 꼬옥 묶고 핸드백과 함께 들었다. 오른손으로 내 손을 다시 움켜쥐었다. 엄마의 인내심과 분노가 땀으로 범벅이 되어 손이 미끄러웠다. 그때서야 이미 사라져 버린 할머니의 등에 대고 소리쳤다.

“별꼴이얏! 흥! 남의 강아지 똥이나 밟아라!”
엄마의 욕은 간결하고 담백했다.

집으로 돌아와 로미의 똥을 해결하고 따뜻한 물로 가득 채운 욕조에서 비누 거품 가득 내어 나를 목욕시킬 때까지도 엄마는 평온

했다. 자장가를 불러 나를 재울 때도 리듬이 담백하고 간결했다. 물론 나를 재운 후에 하루를 정리하며 몇 줄씩 채우는 일기장에는 아까 미끄럽던 손바닥보다 더 큰 분노와 저주의 글들이 가득 찰 수도 있다. 내가 잠든 척했더니 엄마가 차분하게 방문을 닫고 나가셨다.

문제는 또 나였다. 그 할망구한테 개 취급을 받아서가 아니라 엄마한테 내 정체가 탄로 난 건지 불안해서 오금이 저려 왔다. '별꼴이야'라니? 우리 행성이 바로 **'별꼴'**이었다. 완전한 오목십각형으로 반짝반짝 빛나는 진짜 별 모양의 행성이 바로 우리 고향이었다. 지구인들이 보통 별이라고 부르는 행성들은 진짜 모양이 별이라서가 아니라, 빛의 산란현상 때문에 별 모양으로 보이는 착시현상이었다. 하지만 우리 고향은 진짜 [완벽한 별]이었다.

그래서 이제야 고백하건대, 내 이름이 '이 별'이라는 것을 알았을 때 '호옥시?' 하고 의심했었다. 그런데 오빠들 이름이 '이하늘', '이구름'이라는 것을 인지하고는 '별'이라는 이름이 순서상 그럴 만하다고 생각하며 그 석연찮은 의심을 거둬들였었다. 그런데 혹시 지구 엄마가 진짜 내 정체를 눈치채신 거야? 며칠을 끙끙대며 엄마의 마음을 기웃거렸다.

주말 저녁, 엄마와 아빠의 대화에서 겨우 힌트를 얻고 놀란 가슴을 가라앉힐 수 있었다. 별꼴이 내 고향 이름이 아니라 지구에서 쓰이는 다른 뜻이라는 것을 알 수 있었다.

아빠 몰래, 아빠 핸드폰으로 검색을 했다. **[별나게 이상하거나 아니꼬워 눈에 거슬리는 꼬락서니]**라고 쓰여 있었다.

와. 우리 엄마는 욕을 하지 않고 완력을 쓰지 않고도, 그 할머니를 쓰러뜨렸다. 그 할머니는 분명 그 며칠 후에 다른 강아지의 똥을 철퍼덕 밟고, 엄마에게 했던 그날의 무례한 행동을 반성하셨을 것이다.

나는 그날부터 [지구 엄마]를, 그냥 [엄마]로 부르기로 마음먹었다.

ㄱ

진디 인형?

우리 아빠를 소개하겠다.

사실 우리 지구 아빠는 처음부터 천사였다.

마치 나라는 존재를 애타게 기다리기라도 한 것처럼 처음부터 나를 이해하고 사랑하셨다. 가끔 일어나는 일이긴 하지만, 갓난아기나 강아지를 입양할 때 일부러 아무에게도 선택받지 못할 장애가 있는 아이를 선택해서 입양하는 그런 [선한 사마리안]처럼, 진짜 일부러 나를 콕 집어서 선택이라도 한 것처럼 나를 온전히 사랑하셨다. 말 그대로 [딸바보]였다. '아들들은 성인이 되어 독립하겠지만 우리 딸은 엄마·아빠 곁에 오래도록 함께힐 데니 진짜 효녀네' 하시며 말도 안 되는 칭찬을 남발하셨다.

나는 배냇머리가 풍성해서 조리원에 있을 때부터 머리숱 많다고 다른 산모들의 부러움을 받았었다. 엄마가 땀 흘리면 엉켜서 위생상 안 좋다고 자르려 할 때마다, '우리 딸 머리카락은 아빠가 지키겠다' 하시며 머리도 직접 감겨 주시고 최신 스타일로 잔망스럽게 땋아 주기도 하셨다.

그래서 어린이집에서 다른 학부모님들께 '어디 미용실 다녀요?'라는 질문세례를 받을 때 아빠의 어깨는 자랑스러움으로 봉긋 솟아올랐다. 에헷.

아직 엄마의 사랑으로 살이 붙는다는 생각은 안 들었지만, 아빠의 사랑으로 조금씩 내 마음에도 용기가 생기고 살이 붙고 있었다. 우리 아빠는 성실했고 자상했고 따뜻한 남자였다. 외모도 썩 그럴듯했다. 그런데 최근 들어 탈모가 급진행되고 있었다. 물론 머리카락이 별로 없어도 여전히 멋있고 소중한 아빠였지만 나는 마음속으로 아빠라고 부르지 않고 [잔디 인형]이라고 부르고 있었다.

8
별이, 별 보러 갈래?

“별아, 아빠랑 별 보러 갈래?”

어느 토요일 저녁이었다. 갑자기 아빠가 별을 보러 가겠냐고 물어보셨다. 별? 별을 보러 가자고요?

자라 보고 놀란 가슴 솥뚜껑 보고 놀란다더니, 지난번에 엄마 땜에 놀랐던 내 마음이 또 새가슴처럼 확 오그라들었다.

나한테 별을 보러 가자니, 아빠가 드디어 내 정체를 눈치채신 거야? 이번에는 진짜일 것 같은 느낌이 들었다.

“별이 감기라도 걸리면 어쩌려고 그래?”

엄마가 못마땅한 표정으로 아빠에게 눈을 흘기셨다.

사실 우리 아빠의 유일한 취미는 [별 보러 다니기]였다.

[조경철 천문대]에 가서서 차박캠핑으로 1박을 하셨다. 천체망원경으로 별을 보시면 마치 진짜 별나라에 사는 듯 마음이 별천지가 된다고 하셨다. 근데 엄마는 짐 챙기기 귀찮고 밖에서까지 살림하기는 싫다고 하셨다. 또 깊은 산속이 무섭다고 같이 다니지 않으셨고, 오빠들도 게임 세상 속의 별나라가 훨씬 아름답다고 한번도 따라나서지 않았었다.

‘아빠가 내 정체를 눈치채고 내 고향 별을 보여 주려고 하는 건가?’ 하는 의심을 거둘 수 없었지만…… 사실 별꼴이야를 그리워하는 마음도 한가득이었기에 얼른 뽀로로 가방에 왕꿈틀이 젤리랑 내 애착인형인 ‘잔망 루피’를 챙겨 넣고 아빠 뒤를 쪼르르 따라나섰다.

아빠와 함께 천체망원경으로 '토성의 고리'도 보고, 바닥에 드러누워 우리를 향해 쏟아져 내려오는 별들도 마음껏 안아 보았다. 아빠는 별들이 쏟아질 때 마음이 황홀해지고 가슴이 뻐근해진다고 표현하셨다. 바다에 가서 파도를 정면으로 받아들이듯 별들을 가슴 깊이 받아들이면, 모든 스트레스가 날아가고 마음이 그냥 [별바다]가 된다고 하셨다.

그리고 반딧불이 무리도 처음으로 만났다. 반딧불이라.

엄마가 자주 듣는 유행가 가사가 떠올랐다.

나는 내가 빛나는 별인 줄 알았어요.
한 번도 의심한 적 없었죠.
몰랐어요. 난 내가 벌레라는 것을.
하지만 괜찮아. 난 눈부시니까.

나는 그동안 내 이름이 별이라서 엄마가 집안일을 할 때마다 그 노래를 흥얼거리시는 줄 알았었다. 이곳에 와서야 그 별이 '반딧불이'라는 것을 알게 되었다. 어쩌면 그렇게 신비롭고 오묘하고 은근하게 반짝반짝 빛을 낼 수 있는지?

그래. 하늘에 별이 있다면, 땅에는 반딧불이가 있는 법이지. 그렇게 우아하게 빛날 수 있는데 별이든, 사람이든, 벌레이든 무슨 상관이겠니?

한참 동안을 아빠랑 손 꼭 잡고 별구경만 하고 있었다.

"별아, 별들이 너무 예쁘지? 반딧불이도 반짝반짝거리지? 아빠는 저 별들보다 우리 별이가 훨씬 더 예쁘단다. 그리고 언젠가는 별이가 저 반딧불이보다 더 빛날 거라는 것을 믿어 의심치 않아. 우리 별이는 실패한 게 아니라 그저 천천히 가고 있을 뿐이야.

요즘 우리나라 교육계에서 유행하는 [7세 고시]라고 들어 봤니? 아니 17세도 아니고 27세도 아니고 겨우 7세가, 아직 유치도 다 빠지지 않은 그 꼬맹이가 그 많은 선행학습을 받으며 [의대 준비반을 준비한다]는 게 말이 되니? 엄마가 의사 되라고 태중에서부터 수학문제를 풀고, 돌잔치에서 청진기라도 실수로 잡았다가는 우리 집안에 의사 났다고 할머니·할아버지의 기대를 듬뿍 받으며 30년 넘는 세월을 오직 [의사]라는 두 글자만 가슴에 품고 산다는 게…… 기특하고 대견하다고 생각하니?

아빠는 그 부모와 당사자가 너무 [얄팍한 삶]을 사는 것 같아서 안쓰럽단다. 의사 선생님은 당연히 우리 사회에 꼭 필요한 분이시고 훌륭한 분이시지만, 돈과 명예와 부모의 기대 때문에 어리디어린 나이부터 [수학과 과학과 영어로 만든 집]에서 소꿉놀이 역할조차도 내가 하고 싶은 것을 못 하고 부모님에게 평가받아야 하잖아. '오홋, 우리 ○○이는 장차 의사가 되려고 의사 가운을 입었는데, ○○이는 요리사가 되려고 프라이팬을 들었나 보네요. 쯧쯧' 하며 저울질당해야 하는 삶을 살아야 하잖아. 그 아이들의 어리고 젊은 가슴속에 담아야 할 것이 얼마나 많고, 품어야 할 것이 얼마나 다양한데 오직 [공부]만 담아야 하는 그 가슴이 얼마나 텅 비고 얄팍한 공간이겠니?"

아빠의 따뜻한 인생 조언이 시작되었다. 이럴 때는 나도 다 이해하고 있다는 듯, 그저 눈만 끔벅거리고 있어야 한다.

'젠장. 콩나물 대가리 수십만 개를 일일이 꼬치에 끼워서 쫙 펼쳐서 이불로 덮겠다는 그런 얼토당토않는 소리를 하고 계시네'라는 나의 속마음을 들키면 절대 안 된다.

끔벅끔벅……

"별아, 아빠가 지난주에 고등학교 동창회에 갔다가 20여 년 만에 어떤 친구를 만났거든? 이름은 '이남도'이고 그야말로 평범한 친구였어. 집안도 외모도 성적도 성격도 딱 중간 정도였지. 그냥 한마디로 '두각을 나타내지 않는 친구'였어.

아빠와 다른 친구들은 좋은 대학 가고 돈 많이 버는 것이 성공이라고 생각하고 고등학교 졸업하자마자 우르르 떼를 지어 도시로 몰려나왔지. 그 친구는 모두 떠나 버린 시골 마을에서 부모님 모시고 농사 지으며 살았단다.

그날 동창회 모임에 늦어서 헐레벌떡 달려갔는데 저쪽의 한 테이블이 유독 반짝반짝 빛나더라고! 조명이 환한가 싶었는데 유독 빛을 내는 한 남자가 앉아 있더라고!(오호? 호찬우 오빠 같은?) 가까이 가서 자세히 쳐다보니 바로 그 [뚜벅이 친구]였어. 옷도 소탈하게 입고 예전처럼 순박한 미소를 짓고 있었는데 그냥 사람 자체가 순금처럼 빛이 나고 있더라고!

지금은 도시도 아니고 시골도 아닌, 읍내에 자리 잡고 큰 건재사를 운영하며 알부자로 소문이 났다고 하더라. 부모·형제에 처가 식구들까지 알뜰살뜰 챙기고 아내사랑·자식사랑이 각별하더라. 대학이든 직장이든 결혼이든 남보다 더 빠르게 더 뛰어나려고 불나방처럼 덤볐던 많은 친구들은 실직에, 사업실패에, 투자실패에, 이혼에, 재혼에…… 그 결과물노 빨리 받아들이고 밍연자실한 상태인데 말이야.

그 친구는 여전히 템포를 유지하며 쭈욱 변함없이 뚜벅뚜벅 걸으며 차곡차곡 쌓아 왔더라. 돈보다는 그 마음이 재벌처럼 넉넉한 사람이 되어 있더라. 진짜 성공을 했더라고!

아빠가 별이에게 말해 주고 싶은 것이 바로 그거야.

왜 사람들은 토끼나 거북이처럼 아주 빠르거나 아주 느린 것만 비교할까? 그 가운데에는 적절하게 알맞게 마침맞게 가는 친구들도 많은데, 왜 경쟁사회에서 도태되지 않으려면 무조건 빨라야 한다고 할까? 아빠는 무조건 느리게 가자고 주장하는 게 아니야. 뛰어가지 말고 기어가자는 뜻이 아니야. 그저 적절하게 뚜벅뚜벅 걸어가도 좋다는 뜻이야.

별아. 저 반딧불이 너무 예쁘지?

반딧불이는 태어나자마자 저런 빛을 내는 게 아니란다.

알, 유충, 번데기, 성체의 네 단계를 거쳐서 진짜 반딧불이가 되는 거란다. 험난한 세 단계를 거친 후에 [성체]가 되어서야 비로소 반짝반짝 빛을 낼 수 있단다. 반딧불이의 빛이 단순히 외형적으로만 예쁜 것은 아니란다. 반딧불이의 존재 여부가 생태계가 정상적으로 유지되고 있음을 나타내는 중요한 지표 역할을 하듯이, 우리 별이처럼 느리고 천천히 성장하는 아이가 행복하고 활기차게 살 수 있는 사회가 [건강한 사회]라고 생각한단다."

"……"

에효. 아빠의 장황설이 너무 지루해서 죽는 줄 알았다.

온몸이 근질거리고 하품이 나오려는 걸 참느라 입을 틀어막고 있었다. '고등어도 지 새끼 몸에서는 비린내가 안 난다더니, 우리 아빠의 지독한 딸사랑도 지린다 지려. 나의 이 아둔한 머리가 아빠에게는 DHA 가득한 영양가 있는 두뇌로 보이는 거야?'

아빠가 길고 긴 인생 조언을 끝내시고 고개를 푹 숙이셨을 때, 나는 애쓰셨다고 아빠의 등을 토닥토닥 쓰다듬어 주었다. (아빠, 아빠를 너무 사랑하지만 마치 고조선 시대 같은 아빠의 잔소리까지 사랑하기는 너무 힘드네요.) 내 마음의 소리도 함께 보듬어야 했다.

그래도 조경철 천문대를 뒤로하고 돌아올 때, 아빠 뒤를 쫄래쫄래 따라가는 내 뒷모습은 눈물 나게 정겨웠을 것이다. 별바다보다 더 찬란한, 우리 아빠의 **[기다려 주는 사랑]**을 보았다. 아빠, 별이, 반딧불이, 별바다, 잔망 루피, 천문대……

　오늘 밤, 아빠와 나는 우리들만의 추억을 '차곡차곡' 쌓았다. 나는 이 밤과 이 단어들을 별꼴이야에 돌아간 후에도 두고두고 회상할 것이다. 오늘 밤은, 춥디추운 날에 뜨거운 군고구마 껍질을 벗길 때 양쪽 손가락에 먼저 뜨뜻함이 배어드는 것처럼, 천천히 두고두고 내 몸과 마음을 데워 줄 것이다. 차에 타서 루피를 안고 달콤한 잠에 빠져들며, 나도 내 애착인형인 루피에게 다짐했다. 니가 많이 잔망스러워도 변함없이 사랑해 줄 거고, 니가 앵앵거리며 철없는 행동을 해도 진득하게 기다려 줄 거야……

9

아빠의 실종

아빠가 어느 날 실종되셨다.

그래. 가출도 아니고 사망도 아니고…… 실종이다. 그저 평소처럼 평범한 날이었고 회사에서도 평소처럼 퇴근하셨는데, 집으로 돌아오지 않으셨다. 헐.

엄마는 급히 섭외한 도우미 이모님과 활동보조 선생님께 오빠들과 나를 맡겨 놓고 아빠를 찾아 미친 듯이 돌아다니셨다. 나를 키우느라 날씬해진 엄마는 아빠를 찾아다니느라 살이 쏘옥 빠져서 캐스퍼처럼 보였다. 발이 땅에 닿지 않고 힘없이 쓰윽 지나가는 유령처럼 느껴졌다. 폼도 헬쑥해졌고 눈동자도 딩 비어 있었다. 그렇게나 많은 도심의 CCTV 수만 대를 샅샅이 훑었어도 아빠의 모습은 없었다. 그야말로 흔적도 없이 사라져 버린 것이었다.

"세상에, 멀쩡한 총각이 애 둘 딸린 과부랑 결혼할 때부터 어긋난 일이었당께. 당최 말이 안 되는 일이었다니께."

"정 좀 붙이고 살아 볼랬는데, 둘 사이에 낳은 딸이 저렇게 장애를 가지고 태어났으니 당최 살아 내기가 힘들었겠지."

"우리나라에는 당최 흔적이 없다니. 어디 밀수하는 배라도 몰래 타서 일본이나 중국으로 떠났겠지. 얼마나 정 떨어졌으면 그렇게 용의주도하게 주도면밀하게 떠나 버렸겠어?"

"애기 엄마가 너무 팔자가 셌던 거지. 첫 남편과 사별하고, 장애 있는 딸을 낳고, 두 번째 남편은 행방불명이라니! 당최 팔자가…… 쯧쯧."

아빠의 실종도 충격이었고, 엄마의 재혼도 충격이었고, 오빠들이랑 아빠가 다르다는 사실도 충격이었지만, 그놈의 당최라는 말로 싸잡아 우리 가족 모두를 불행의 도가니로 몰아넣는 친척들과 동네 아줌씨들의 말이 더 충격으로 다가왔다.

엄마는 정확히 1년 후에 우리들 곁으로 돌아오셨다. 남편을 잃어버렸지만 [자식들 셋]을 지켜야 했다. 엄마는 나를 꼬옥 안고 말씀하셨다. "아빠는 절대 죽지 않았어. 실종일 뿐이야. 그럼 언젠가는 우리 곁으로 돌아올 거야. 우리 곁을 떠날 수밖에 없었던 이유가 있을 거야. 그 이유가 무엇이든 아빠는 더 단단해져서 우리 곁으로 돌아올 거야."

10
재혼가정

아빠의 실종으로 여러 가지를 배웠다. 우리 집은 재혼가정이었다. 사실 내 나이 서너 살에 동네 사람들이 입을 삐죽거리며 수군거리는 것도 들었었고, 아빠와 구름이 오빠의 대치상황도 한 번 목격했었다. 그때는 내가 너무 어려서 그 상황을 온전히 이해할 수 없었는데 이제 와 돌이켜 보니 마치 체험 학습을 간 날처럼 생생하게 기억이 나고 살갗에 소름이 돋듯 다시 복기되어 버렸다.

"이혼했대. 요새는 이혼이 유행인가?"

"아니, 사별이래. 얼굴 반반한 게 남편 잡아먹게 생겼네."

"어쩐지 아들들이 얼굴에 그늘이 있더라니."

"어쩐지 애 아빠가 혼자서 편의점에서 맥주캔을 따고 있더라니! 연하의 총각이 과부랑 결혼한 것도 모자라 갑자기 장대 같은 아들이 둘이나 생겨 버렸으니, 남편이 가족들 먹여 살리느라 등골 빠지겠네, 쯧쯧."

동네 아줌씨들이 온갖 편견과 자기들 속만 편한 설레발로, 우리 집의 행복과 불행을 좌지우지해 버리는 이른바 [재혼가정]이었다.

구름이 오빠가 아빠와 맞짱을 뜬 적도 있었다. 오빠가 밥을 빨리 먹고 게임하러 들어가려고 밥과 반찬을 왕창 한입에 모아 넣었다가 그러다 체한다고 아빠에게 처음으로 혼나는 상황이었다. 먹던 밥을 꾸역꾸역 밀어 넣고 콜라 한 캔을 꺼내 들어가면서 '칫, 친아빠도 아니면서 웬 잔소리? 새아빠 주제에!' 하고 차갑디차가운 말을 내뱉었다.

엄마와 아빠의 얼굴빛이 동시에 창백해졌지만, 나는 눈치도 없이 아빠에게 빨리 새하얀 생선살을 발라서 입속에 쏘옥 넣어 주라고 칭얼거리고 있었다.

식사를 차분하게 다 마치고 구름이 오빠 방을 노크한 아빠가 툴툴거리는 구름이 오빠에게 대화를 시도했다.

"구름아, 식구라는 말은 밥을 같이 먹는다는 뜻이야.

우리가 아침·저녁으로 식탁에 같이 앉아 엄마가 차려 주신 따뜻한 밥을 같이 나눠 먹는 사이잖아. 밥을 같이 먹는 사이에 [친]이든 [새]이든 그게 무슨 의미가 있겠니? 아빠도 아들들을 가슴으로 낳았다는 그런 거창한 말은 하지 않을게. 우리는 그저 식탁에 삥 둘러앉아 오늘 저녁은 무슨 메뉴일지 입맛을 다시고 후루룩거리며 같이 밥을 먹는 식구일 뿐이란다.

구름이가 학원 끝나고 집에 돌아올 때, 아빠가 퇴근해서 엘리베이터를 기다릴 때, 우리 둘 다 녹진한 하루를 마치고 몸은 빈털터리가 되었지만 5층 우리 집에서 엄마가 끓이는 김치찌개 냄새가 코끝을 스쳐 갈 때 '돌아올 집이 있는데, 허기를 채워 줄 김치찌개까지 있다니?' 하는 행복감에 마음이 가득 채워지잖아? 그렇게 마음을 채우고 다섯 식구가 함께 '나는 쫄깃한 돼지고기, 나는 두툼한 참치, 나는 양념 찰싹 밴 두부' 하면서 다소 실랑이를 벌이며 나눠 먹는 그 식사시간만으로 우리는 그냥 가족인 거야" 하시며 구름이 오빠의 불쑥 치솟은 어깨를 차분하게 다독여 주셨었다.

나는 그때는 너무 어려서 그 말을 이해하지 못했었다. 그저 [새아빠]는 [헌아빠]보다는 좋지 않을까 생각했다. 나도 엄마가 당근마켓에서 사 주시는 헌 장난감보다는 넓디넓은 대형마트에서 골라 주는 아무도 길들인 적 없는 새 장난감이 훨씬 좋았으니까. 근데 구름이 오빠는 헌아빠를 좋아하다니, '참 취향도 독특하네. 빈티지 스타일인가?' 생각했었다.

그러니까 [재혼]과 [장애]가 있는 우리 집은 낙인이 두 개나 찍힌 [문제가정]이었던 셈이다. 문제가정이라니? 기분이 씁쓸해졌다. 나는 차마 [문제]라는 두 글자를 받아들일 수가 없었다. 그래서 뭐 어쩌라고? 꼭 그렇게 남 보기에 번지르르한 구색을 다 갖춰야만 하니? 요즘 다들 고유한 개성이니, 차별화된 브랜드니 엄청 좋아들 하잖아? 우리는 차별화된 고유의 브랜드를 구축한 [완벽한 가정]이라고!

11

니콜라스 케이지

엄마가 우리 집으로 돌아와서 너무 기뻤지만 나는 엄마에게 미안한 마음이 생겨 버렸다. 민망한 마음에 엄마와 눈 맞춤을 거부했다. 엄마는 '얘 좀 봐. 1년 동안 소홀히 했더니 다시 어렸을 때처럼 눈 맞추기를 거부하네. 미안해, 별아. 미안해. 엄마가 아빠 몫까지 많이 사랑해 줄게' 하시며 나를 꼬옥 안아 주면서 연신 사과를 하셨다.

근데 그런 게 아니었다. 사과를 해야 할 사람은 바로 나였다. 나는 엄마 모르게 어마어마한 비밀을 숨기고 있었다. 내가 외계인이라는 거? 아. 아니다. 그건 비밀이라기보다는 숙명인 거고, 이제는 진짜 비밀이 생겨 버렸다. 그 비밀은 바로 바로 [외계인이 두 명]이라는 사실이었다.

여태 지구로 보내진 정보원은 백 명 남짓이었는데 절반은 나처럼 [출생 외계인]이었고, 절반은 우리 아빠처럼 나보다 일찍 지구에 파견되었다. 그들은 20~30세쯤의 나이에 일찍 죽은 성인의 몸에 투입되어서 그 사람으로 계속 멀쩡하게 살아가는 이른바 [이식 외계인]이었다. 80억 명이 넘는 인구가 살아가는 지구에 백 명의 외계인이 투입되었는데 하필 이식 외계인의 딸로 태어나다니! 이걸 로또라고 해야 할지, 저주라고 해야 할지 헷갈렸다.

그랬다. 우리 아빠는 나의 정체를 알고 있었다. 내 정체성(?)에 혼란이 올까 봐 모른 척했지만, 그래서 그렇게도 내 아빠로서 일말의 거부나 일탈도 없이 순순히 사랑만을 주실 수 있었다. 그럼 아빠의 정체를 언제, 어떻게 알 수 있었냐고? 그래. 다 같이 수수 께끼를 풀 시간이 되었다.

아빠가 실종되고 엄마가 밖으로 헤매고 다니실 때, 도우미 이모 님이 나를 재우시며 동화책을 읽어 주셨다. 내가 제일 좋아하는 동화책이고 아빠가 자주 읽어 주셨다고 엄마가 알려 주신 모양이 었다.

"책 먹는 여우?

아따, 그래도 애가 보기보다는 수준 높은 책을 좋아하네. 어엇, 근데 이게 뭐야? 니콜라스 케이지?

애야, 이게 뭐니?…… 하긴 알 턱이 없지!"

도우미 이모님이 책갈피에 끼인 작은 메모지를 나에게 보여 주 다가 바로 꾸깃거려서 휴지통에 버리셨다.

허걱. 니콜라스 케이지라니? 내 마음이 쿵쿵쿵 요동을 쳤다. 내 가 잠든 줄 알고 이모님이 거실로 나가시자 얼른 메모지를 꺼내어 창가로 가서 달빛에 비춰 보았다.

[니콜라스 케이지]

첫 줄은, 쓰고 난 후에 다시 감추려고 줄을 그어 놓은 흔적이 뚜렷했다. 니콜라스 케이지라니. 니콜라스 케이지는 별꼴이야에 서 파견될 때 교육받은 몇 안 되는 중요한 암호 중의 하나였다. 암호의 의미는 **[임무 중단, 돌아간다]**는 뜻이었다. 임무 완료가 목적이지만 피치 못 할 사정이나 큰 위험에 직면했을 때는 왼쪽 찌찌를 깊숙이 세 번 눌러서 구조 신호를 보내, 니콜라스 케이지를 외치고 우리 행성으로 돌아갈 수 있었다.

[니콜라스 . 케이지]

두 번째 줄에는 선명하게 제대로 메시지를 남겼다.

나는 숨을 쉬기 힘든 불안감에 휩싸였다. 아빠가 정보원이었다는 사실도 놀라웠지만, 갑자기 흔적도 없이 사라져야만 했던 피치 못할 사정이나 위급한 상황이 도대체 무엇이었을까? 아빠에 대한 걱정으로 잠을 못 자고 밤을 꼴딱 새웠다가 새벽에 잠깐 잠든 사이에 이불에 실례를 해 버렸다. 도우미 이모님의 억지로 웃는 씨푸린 얼굴을 마주해야 했다.

아빠가 그렇게 사랑한 가족들을 남겨 두고 갑자기 사라질 수밖에 없었던 이유를 아주 나중에야 알 수 있었다. 별꼴이야에도 아빠의 가족이 있었다. 그곳에도 [아내와 딸]이 있었다. 그곳은 평균수명이 200년 정도이기에, 지구에서 100년을 보내고도 다시 돌아가서 남은 시간을 함께할 수 있다는 계산으로 임무를 받아들였다. 지구의 아내와 아들·딸을 만나 한없이 행복했고, 잠시 그곳의 가족은 잊고 살았다. 하지만 정기교신 중에 우연히 아내가 불치병으로 사망했다는 사실을 알게 되었다. 그 충격으로 딸이 많이 쇠약한 상태라는 참담한 소식을 들어야 했다.

아빠는 최대의 난관에 봉착했다. 지구의 딸을 지켜야 할지, 고향의 딸을 지키러 가야 할지 [선택]을 해야 했다.

　어디 그 선택이 쉬웠겠는가? 수많은 밤을 왼쪽 찌찌를 한 번 눌러놓고 나의 잠든 얼굴을 바라보고, 두 번 눌러놓고 치밀어 오르는 울음을 삼켰을 것이다. 세 번은 차마 누르지 못했을 것이다. 아침에 깨어나면 엄마가 내 얼굴을 들여다보며 ‘아이고, 우리 공주님. 침을 이렇게 많이 흘리고 주무셨어요?’ 하며 나를 놀리던 그 흔적은…… 사실 우리 아빠의 눈물이었다. 선택의 기로에서 받았던 스트레스로 매일매일 한 움큼의 머리카락이 빠졌고 지구의 딸에게 잔디 인형이 되어야 했다.

　어찌 됐든 아빠가 고향의 딸을 선택했다 해도, 나는 아빠를 원망하지 않았다. 나에게는 엄마와 오빠들이 있고, 아무리 깨끗하게 세수를 해도 아빠의 눈물 자국은 영원히 내 마음속 깊이 흔적을 남겼으니까. 잔디 인형에게 용기라는 물을 듬뿍 주면 잔디는 다시 정글처럼 빽빽하게 차오를 테니까.

　그리고 그 메모지의 완벽한 비밀도 훨씬 나중에야 제대로 풀 수 있었다. 나는 니콜라스 케이지가 [니콜라스 . 케이지]가 된 의미를 알게 되었다. 아빠가 중간에 첨가한 점 한 개의 의미는 그 크기와 다르게 어마어마한 것이었다. 아빠가 쓰신 [니콜라스 . 케이지]의 의미는 **[임무중단, 다시 만나, 돌아간다]**였다.

12
대책회의

대책회의가 열렸다. 아빠가 실종되셨으니 당연히 양쪽 집안에서 대책회의가 열렸겠지. 엄밀히 따지자면 양쪽이 아니라 세쪽 집안이었다. 엄마의 친정과 첫 번째 시댁과 두 번째 시댁이었다. 왐마! 시댁이 두 군데라니? 그 천하의 용맹한 호랑이도 한 번 겪으면 오금이 저려서 곶감보다도 더 무서워한다는 그 시댁이 두 군데라니! 어찌 됐든 좋게 해석하면 엄마가 기댈 수 있는 언덕이 세 군데라는 의미인데…… 그건 역시 철없는 나의 희망사항일 뿐이었다.

외갓집의 외힐머니는 '니는 부모힌데는 효도할 틈도 없이 결혼만 두 번을 연속으로 하더니 어디 저런 것을 낳아서리' 하며 혀를 차 대셨고, 오빠들의 친가에는 조부모님들은 돌아가시고 고모들만 몇 분 계셨는데 '뭐가 급하다고 새 남자 쪼르르 만나더니 저런 것을 낳아서 우리 하늘이·구름이한테 부담을 주냐!'고 눈을 희번덕거리셨고, 두 번째 시아버님은 '저런 것을 낳았으니 우리 아들이 집을 나간 것 아니냐'고 고래고래 역정을 내셨다. 다들 대책회의는커녕 터무니없는 화풀이를 엄마에게 해 대고 있었다.

아무것도 모르는 척 해맑은 얼굴로 젤리만 먹고 있던 나는, [저런]만으로도 양쪽 가슴이 아려 왔고, [것]까지 보태지자 너무 아파서 하마터면 소리를 지를 뻔했다.

'내가 이래서 말도 안 하고 글도 안 읽는 거라구. [저런 것] 같은 저런 더러운 말은 하고 싶지도 쓰고 싶지도 않다구!'라고 절규하고 싶었다. 그 어른들은 착하게 열심히 주어진 운명에 순응하고 살아가는 우리 엄마의 삶을 송두리째 노략질했다. 나는 마음속으로 그 어른들을 향해 '오랑캐!'라고 외쳐 보았다.

그래도 절규는커녕 '오랑캐 타도!'를 외치지도 않고, 천연덕스럽게 젤리만 두 봉지째 열심히 먹고 있었으니, 나도 이 정도면 웬만한 드라마의 '아역연기상' 정도는 노려볼 만하지 않은가. 에헴.

그렇게 우리 엄마가 어떤 어른들에게도 기댈 곳을 찾지 못하고 잔뜩 풀이 죽어서 저녁에 방송되는 막장 드라마에 일부러 몰입해 있을 때, 나도 일부러 넘어지는 척하며 엄마 무릎에 얼굴을 묻고 내 얼굴을 비벼 댔다. 일종의 나만의 비법으로 (토닥토닥)을 하는 것이었다. 근데 우리 엄마도 '우리 별이가 이제 엄마를 위로하네. 별이 눈에는 엄마의 텅 빈 마음이 보였나 봐. 츤데레 우리 별이' 하면서 백전노장처럼 너스레를 떠셨다.

하긴 뭐, **(츤데레 외계인, 별이)**로 캐릭터를 만들어 애니메이션을 만든다면 뽀로로나 핑크퐁이나 하츄핑이나 펭수나 다비드봉이나 데몬헌터스를 뛰어넘는 희대의 K-캐릭터가 탄생할 수도 있을 텐데 말이다. 재능을 알아보는 자가 더 재능이 있는 법일지니, 어디 기획사에서 우리 엄마에게 투자 좀 했으면 좋으련만.

내가 젤리를 오물오물 암팡지게 씹어 먹으며 K-캐릭터가 된 내 모습에 도취되어 행복감에 젖어 있을 때, 결국 우리 엄마를 절망의 구렁텅이에서 건져 낸 건, K-장남인 우리 하늘이 오빠였다. 나랑 구름이 오빠가 잠든 줄 알고 둘이서만 으른(?)들의 대화를 한 껏 폼 잡고(내가 몰래 훔끔거려서 볼 때는) 나누고 있었다.

"하늘아, 너희들 아빠도 떠나고 이제 새아빠까지 실종되니, 엄마의 결혼생활 15년이 송두리째 부정당하는 것 같아. 엄마는 15년 동안 아무것도 이룬 게 없는 것 같아. 너무 굳건하다고 생각했던 [결혼과 가족]이 허상이었나 두려워. 형태가 있다고 생각했는데 막상 큰 파도에 힘없이 쓸려 가 버릴 모래성이었던 걸까?"

"아니요. 엄마는 이루셨어요. 저와 구름이와 별이가 존재하고, 엄마는 그 15년을 살아 내셨잖아요. 아빠들은 사라지셨지만 엄마는 이 세상에 남아 있잖아요. 그게 이룬다는 거예요."

역시 K-장남은 담백하고 든든했다. 오빠들은 엄마에게 이루어진 존재였다. 나도 엄마에게 **[이룬 것]**이 되기 위해 좀 더 노력해야겠다고 마음먹었다.

13

한글공부 1

한글공부를 시작했다. 요즘은 옛날처럼 모음과 자음을 따로 공부하지 않고 '통문자'로 학습한다고 하셨다. 그래서 엄마는 여러 가지 일상적인 단어를 가르쳐 주셨는데 맨 먼저 가르쳐 주신 글자는 [숲]이었다. 엄마가 좋아하는 유명한 작가님이 '숲'이라는 글자를 한글 중에 가장 아름다운 글자라고 하셨단다. 숲을 필두로 하늘, 구름, 별…… 비, 해, 눈, 꽃, 바람 등등 예쁜 글자들을 많이 가르쳐 주셨다. 근데 나는 자꾸 [백]이나 [천]이나 [억]이라는 단어가 맘에 들었다. 우리 엄마에게 백만 원이나 천만 원이나 억만 원을 주고 싶었다.

"이노무 아가씨가 왜 다른 한글은 못 읽는 척하고, 백이나 천이나 억은 정확하게 읽는 거야? 왜? 젤리를 백 개 사서 니 방 가득 쟁여 놓고 싶어서?"

엄마가 나를 비웃으며 애먼 소리로 내 마음을 긁어 버렸다. 왐마. 진짜. 내 진심이 이렇게 매도되다니. 억울하다고, 억울.

한글공부를 하면서 우리나라의 아름다운 한글에 대해 많이 배웠다. 예전에 어린이집 다닐 때 좋아했던 남자아이의 이름이 '세종'이었는데…… 어쩜 우리나라 [세종들]은 그렇게 훌륭들 하고 유익들 할까? 그 세종이라는 아이는 나의 이 오묘하고 깊은 세계를 이해할 수 없었기에 친하게 지내지는 못 했었다. (에이, 짝사랑이란 게 항상 그렇게 슬픈 거지. 뭐.) 그래도 그때 한글을 쓸 수 있었으면 '세종아, 사랑해'라든지 '세종아, 우리 결혼할까?'라든지 러브레터를 한 번 보내 봤을 텐데 말이다. 쩝…… 그래도 괜찮다. 이제는 옛사랑이니 쿨하게 잊어 줄 수 있다. 왜냐하면 나는 지금 호찬우 오빠를 사랑하고 있으니까 찬우 오빠의 소속사로 팬레터를 보낼 수 있다. 물론 우리 엄마가 등짝을 내려치지 않고 순순히 소속사 주소를 알아봐 준다면 말이다. 어찌 됐든 세종이, 찬우 오빠, 세종대왕님. 모두에게 감사드린다.

한글공부를 하면서 색깔에 대해 알게 되었다, '핵깔'을 알고 나니 표현이 더 다양해졌다. (내가 'ㅅ' 발음을 'ㅎ'으로 발음한다.) 그냥 푸르고 싱그럽다고 느꼈던 나무를 보고 '초록핵 나무가 힝힝해요'라고 표현할 수 있었다.

내가 아직 어려서 '꿈을 먹는 나이'이지 않은가?

그래서인지 색깔들도 꿈을 먹는 밝고 생생한 색깔들이 더 마음에 들었다. 우리 엄마는 내가 색깔공부를 열심히 하니 또 신이 나서서 저만치 앞서 나가셨다. 분홍(핑크), 주황(오렌지), 초록(그린), 노랑(옐로우), 보라(퍼플) 하는 식으로 영어발음까지 써 주셨다. (아이고, 이 엄마야. 한글만으로도 벅찬데 영어까지? 설레발 좀 그만 치셔유!)

한동안 모든 사물과 사람들에 색깔을 붙이고 말했다.

"갈핵 돈까흐, 먹고 힆어요."

"빨간핵 김치, 매워요."

 별꼴이얏!

"주황핵 오렌지, (껍질이) 뚱뚱해요."

"노란핵 바나나, 키가 커요."

"분홍핵 가방, (메고) 유치원 가요."

"노란핵 헌행님, 하랑해요."

이런, 이런. 내가 혹시 세종이를 '헤종아'라고 불러서 세종이가 이름도 제대로 못 부른다고 삐친 거였을까? 헐……

"별아, 엄마는 무슨 색깔이야?"

"핑크 엄마. 오잉크, 오잉크"(요새 살이 좀 찌셨으니까.)

"별아, 하늘이 오빠는 누슨 색쌀이야?"

"흐카이(스카이)"(뭘 당연한 걸 물어보냐?)

"별아, 구름이 오빠는?"

"화~이~트"(또 당연한 걸 묻고 있네.)

"별아, 그럼 별이는?"

"퍼~플"(왠지 고급스럽잖아!)

가족들이 한꺼번에 웃음을 빵 터뜨리셨다.

"별아, 그럼 예전에 우리 아파트 산책로에서 강아지 똥 안 치우고 가신 할머니는 무슨 색깔이야?"

웃음이 다 멈춘 후에, 엄마가 정색을 하시고 물어보셨다.

"그레이. 그레이 그랜마……"

나는 1초의 망설임도 없이 대답했지만, 가족들은 한꺼번에 숙연해졌다. 모두 '별이 앞에서 말조심하자. 쟤가 모르는 척하면서

다 알고 있네. 꼬리 열두 개 숨긴 여우라니까!' 하시며 다들 슬금
슬금 자신들의 자리로 돌아갔다.

별꼴이얏!

14

한글공부 2

한글공부를 하면서 지구에서 나의 역할이 무엇인지에 대해서 심도 깊게(?) 생각해 보았다. 괜찮은 지구인을 운구? 운반? 순간이동시키는 존재일까? 그럼 나는 운전기사? 모집책? 탁송기사?…… 에이, 그냥 [천사]라고 하자. 착한 사람이 죽었을 때 운반하는 거니까 천사가 맞을 것 같다.

내가 천사라고 생각하니 마음이 한껏 고양되었다. 나는 아직 운반하고 싶은 지구인을 못 찾았는데 다른 정보원들은 어떤 상황인지 궁금해졌다. 정기교신을 하는 날에 슬쩍 떠보았는데 다른 정보원들도 마찬가지 상황이라고 하셨다. '왜 그럴까요? 이 아름다운 지구에 아름다운 사람이 꽤 많을 텐데요?' 하고 반문을 던졌다. 아무래도 모두들 [1호 운반자]가 되는 것을 두려워한다고 설명해 주셨다.

아. 그렇구나. 어느 정도 이해가 되었다. 우리나라도《1호가 될 순 없어》라는 TV예능도 있지 않은가? 신종 플루니 메르스니 코로나니 감염병이 돌 때도, 그 1호는 나라를 팔아먹은 매국노보다 더 원망을 듣고 지탄을 받지 않았는가? 혹여 그 1호가 별꼴이야에 와서 심사위원들의 기대에 못 미치거나 별꼴이야의 생태계를 교란시키는 황소개구리 같은 존재가 될까 봐 두려운 것이다. 그러니까 선택을 받은 지구인 1호는 가문의 영광이겠지만, 1호 운반자는 애국자가 될지·매국노가 될지 두려운 것이다. 그래서 다들 너무 엄격한 도덕적인 잣대를 들이밀고 있는 상황이다.

그래. 언젠가는 한국에서도 '너, 그렇게 까불거리고 니 멋대로 살다가는 죽어서 별꼴이야에 못 가!'라는 말이 '당신 그렇게 안하무인으로 나쁜 인생을 살면 천국에 못 간다'는 말과 똑같이 인생의 교본처럼 통용되는 날이 오기를 바란다. 나는 그때 한껏 의기양양해질 것이다. 나는 천사거든? 나한테 한번 걸리기만 해라. 지체 없이 별꼴이야로 쑝 보내 버릴 테니까!

천사라는 단어가 맘에 들어 [천, 천, 천, 천, 천, 천, 천, 천, 천]을 쓰다가 지난번에 엄마에게 억울하게 애먼 소리를 들었던 [억]이라는 글자가 생각이 났다. 오기가 생겨서 일부러 엄마 보라고 [억, 억, 억, 억, 억, 억, 억, 억, 억]도 마구마구 써 젖혔다. 열심히 쓰다가 피곤해서 소파에 누워 잠이 들어 버렸다. 뭔가 부드러운 손길이 느껴졌다. 우리 엄마가 내 등을 토닥토닥 쓰다듬어 주고 계셨다.

"어머낫, 우리 별이가 엄마에게 [천 억]을 주고 싶었쪄여? 기특하기도 해라. 별아, 땡스 어 랏!"

어이쿠. 우리 엄마 스케일 짱! 천 억 정도는 돼야 우리 엄마에게 칭찬을 들을 수 있었구나.

15

별꿀이야를 그리워하다

아빠가 떠나신 후로 나는 별꼴이야를 더 그리워하게 되었다. 아빠가 안 계시니 엄마는 더욱더 외로워지셨고 나도 아빠가 보고 싶을 때마다 향수병에도 시달리게 되었다. 물론 짐작하셨겠지만 '별꼴이야'는 지구에 비해 많이 편리하고 담백한 행성이다. 어찌 보면 별꼴이야는 [지구의 미래 버전]이라고 할 수 있다. 지구인들이 염원하던 더 편리하고 컴팩트한 사회를 과학적으로 구현한 곳이 별꼴이야가 된 것이다. 육체는 네모와 세모로만 구성되어 있었다. 직사각형의 네모 위에 세모 모양의 머리가 붙어 있었다. 쉽게 얘기하지면 '다리 없는 오징어'가 날아다닌다고 상상하면 될 것이다. 세모 얼굴에 있는 네 개의 구멍이 눈과 코를 대신했다. 입과 귀는 왜 없냐고?

입과 귀는 필요 없었다. 우리는 지구인들처럼 번잡하고 고상한 요리를 먹는 게 아니라 모든 영양소가 잘 배합된 산소를 콧구멍으로 들이마실 뿐이고, 말을 하지 않으니 입도 귀도 필요 없었다. (교신을 할 때는 일종의 교신용 마이크가 따로 있다고 생각하면 된다.) 그럼 감정표현을 어떻게 하냐고?

지난번에 내가 모든 감정표현을 색깔로 하는 걸 보지 않았었는가. 우리 행성에서는 감정표현이 간단한데, 기분이 좋으면 직사각형의 몸이 노란색으로 물든다든지 엄청 슬플 때는 몸이 검은색으로 물든다든지 하는 식이었다. 그리고 솔직히 모두들 IQ가 기본 200을 넘기다 보니 굳이 말을 하거나 몸을 형형색색 물들이지 않아도 서로의 기분과 요구사항을 다 꿰뚫어 볼 수 있었다.

우리는 세모와 네모가 분리되고 각자 따로 또 같이 뭉치기 때문에, 지구처럼 머리가 똑똑한 사람이나 영화배우·모델·스포츠 선수들처럼 몸이 뛰어난 사람을 특별하게 추앙하지 않는다. 우리는 머리를 쓰는 일에 집중할 때는 세모 여섯 개가 모여 작은 직사각형이 되어서 그 일을 뚝딱 처리하고, 몸이 필요한 일에 집중할 때는 직사각형 열두 개가 모여 큰 직사각형을 만들어서 재빠르게 처리하는 식이었다.

그러니 둥근 지구의 둥근 사람들에게 합류하기가 좀체 쉽지 않았다. 아무리 합체해도 '구'와 '구' 사이에 빈틈이 생기는 알다가도 모를 지구인들의 생활에 동화되기가 어렵고도 어려웠다.

물론 우리 고향의 삶이 컴팩트한 편이라서 눈에 띄게 스펙타클한 면은 좀 부족하다. 그래서 영 재미가 없게 느껴질 수도 있다. 모든 일에 장점과 단점이 있듯이 지구는 지구대로 별꼴이야는 별꼴이야만의 '삶의 이유'가 있을 것이다.

지구에 많이 적응했건만 원초적인 향수병은 어쩔 수 없었고, 지구인들에게 [장애인=외계인]으로 인식되는 일이 생길 때마다, 그래서 엄마가 새벽에 일어나 베란다에서 메마른 울음을 뱉어 낼 때마다 나도 왼쪽 찌찌를 세게 누르고 별꼴이야로 돌아가고 싶었다. 그럴 때마다 침착하게 한숨을 깊이 내쉬고 왕꿈틀이 젤리를 잘근잘근 씹으며 그런 충동을 애써 가라앉혀야 했다. 그래도 괜

　　　　　　　　　　　　　　　　　　별꼴이얏!

찾은 지구인 한 명쯤은 별꼴이야로 운반(?)하는 '정보원'으로서의
막중한 임무는 마쳐야 했으니까……

16

단단하게 스며들다

남에게 못된 짓을 하고도 호의호식하며 살아가는 사람도 있고, 남한테 속절없는 누명을 쓰고도 묵묵히 감내하며 나머지 인생을 살아 내는 사람도 있다. 여기서 중요한 건 '살아 낸다'는 것이다. 두 사람 다 좋은 인생을 사는 건 아니지만 그래도 주어진 인생을 포기하지 않고 살아 낸다는 것이다.

단단하게 스며든다는 것은 어떤 것일까? 쉽게 말해 단련된다는 것이다. 극도로 뜨거운 것과 차가운 것을 넘나들며 각자의 뜨거움과 차가움을 경험해 보고 적절한 가운데를 찾는 과정이다. 처음부터 석설함을 알고 있는 사람은 없다. 오랜 시간에 걸쳐 여러 가지 일들을 다 경험해 본 후에야 비로소 뜨뜻하고 미지근한 온도에 스며드는 것이다.

높고 높은 나무 위에 자리 잡은 대충 얼기설기 쌓아 놓은 것 같은 [새의 둥지]를 본 적이 있는가? 태풍이 세게 부는 날, 쇠나 플라스틱으로 만든 입간판이 다 부서지고 500년을 버틴 동네 초입 정자나무의 굵은 가지가 우지끈 부러질 때도…… 그 둥지는 나뭇가지를 따라서 흔들릴지언정 절대 무너지지는 않는다. 물론 그 둥지가 과학에 기반한 정교한 건축물이라는 것은 수많은 자연책과 자연다큐를 통해 귀가 아프도록 들어 보셨을 것이다. 나뭇가지가 계속 쌓일수록 서로 얽히고설키면서 단단하게 고정되는 것이다. 그래서 까치집은 바닥에 떨어진 나뭇가지를 보면 까치의 나이를 짐작할 수 있다는 우스갯소리도 있단다. 떨어진 가지가 없고 깔

끔하다면 나이 많은 까치의 숙련된 솜씨이고, 부스스한 가지가 여러 개 흩어져 있다면 아직 어린 어설픈 까치의 솜씨라는 것이다. 특히나 제비집의 경우는 나무, 흙, 돌, 잔디, 제비의 타액 등등을 섞어서 집을 짓기 때문에 제비의 무게 100배의 하중을 견디는 견고한 둥지가 된다고 한다.

마치 뜨개바늘 하나로 요리조리 손가락을 움직여서 날실과 씨실을 교차하며 옷감을 짜다 보면, 어느 순간 그 크고 동그랗던 실타래는 다 사라지고 포실포실한 스웨터가 한 벌, 떡하니 완성되는 원리이다. 그렇다고 그 둥지와 그 스웨터가 그냥 공짜로 짜잔하고 나타나겠는가? 새들은 둥지를 튼튼하게 만들기 위해 일부러 바람 부는 날에 첫 작업을 시작한다고 한다. 그 바람을 버텨 내야 더 큰 바람인 태풍도 견뎌 낼 것이라는 예상을 하고 첫 삽부터 다부지게 뜨는 것이다. 손가락 끝에 물집이 잡혀 가면서도 밤새워 뜨개질을 할 때는, 이 스웨터를 큰애에게 예쁘게 입히고 몇 년 후에는 실을 풀어서 막내 카디건을 귀엽게 뜨겠다는, 단발성이 아닌 다회성을 대비하는 엄마의 준비정신이 있는 것이다.

군이 30년 전의 '삼풍 백화점 붕괴'나 '성수대교 붕괴'를 들먹이지 않더라도, 최근에도 얼마나 많은 건축물이 힘없이 와르르르 무너졌었는가? 현대의 건축물은, 새들에게서 엄마에게서 기초작업을 탄탄하게 배워야 한다. 새의 둥지나 스웨터처럼 완벽한 결과물을 얻기 위해서는, 포기하고 싶고 대충 때우고 싶다는 게으른

　　　　　　　　　　　　　　　　　　　별꼴이얏!

마음을 버리고 부지런한 마음을 먹어야 한다. 결국 단단하게 스며들기 위해서는 요령을 부리지 않아야 한다는 뜻이다. 그냥 직접 부딪혀서 '냉정한 사회'에서 '뜨거운 눈물'을 많이 흘려 보아야 하는 것이다.

엄마와 나는 그렇게 이 사회에 스며들었다.

엄마는 이 냉정한 사회에서 나를 구했다. [구한다]는 것은, 나를 필요로 하는 것을 거절할 수 없는 본능이다. 그 본능의 대표적인 것이 바로 [모성애]이다. 그래서 엄마들이 하는 육아와 살림은 이 세상에서 가장 위대한 **[구하는 일]**이다.

17

온유 학교에 입학하다

나는 아홉 살에 [온유 학교]에 입학했다. 온유 학교라고? 처음 들어 보는 분들이 많을 것이다. 처음 들으면서도 어느 정도 짐작은 하셨을 것이다. 기존에 알고 계시던 '특수 학교'를 말한다. '특수'라는 학교 명칭에 거부감이 많아서 학교 이름을 개명하기 위해 보건복지부에서 [대국민 개명 프로젝트]를 공모했고, 그 결과 [빛나라 학교]와 [온유 학교]가 경합을 벌인 끝에 온유 학교가 채택되었다. 5위권 내의 이름으로는 더불어 학교, 같이하는 가치학교, 온누리 학교 등이 있었다. 우리 엄마가 응모하신 [보듬어 학교]는 순위권 밖에 있어서 엄마가 두고두고 아쉬워하셨다. 나는 징검다리 학교, 천천히 학교, 적절한 학교, 차근차근 학교 등등 다른 이름들도 다 예쁘다고 생각했지만, 엄마의 서운한 얼굴을 보고 '보듬어 학교가 최고!' 하면서 엄지손가락을 치켜세웠다. 엄마도 '온유 학교에 다니게 되면 우리 별이랑 다른 친구들도 많이 온유해지겠지? 거칠게 솟아나던 마음들이 많이 보드라워질 거야' 하시며 쓰린 마음을 보듬으셨다.

여튼 허약체질이라는 명분으로 1년을 주민센터에서 입학유예라는 절차를 밟고 1년을 더 준비하셨고, 엄마는 8년간의 한숨을 모은 듯한 큰 한숨을 내쉬시고 온유 학교로 내 등을 떠미셨다. 일반 어린이집 2년과 통합유치원 2년을 가까스로 마치고 드디어 내 수준과 적성과 특기에 안성맞춤인 교육기관으로 입성할 수 있었다. 가정의 울타리에서 벗어나 본격적인 제도권 속으로 진입했

고, 많은 것을 보고 배워서 더 큰 사회 속으로 나아가기 위한 발판
을 다지게 된 것이다.

별꼴이얏!

18

친구를 만나다

온유 학교에서 친구를 만났다. 물론 그 전에도 친구는 있었지만 진짜 친구는 아니었다. 엄마가 인위적으로 엄마 지인의 딸과 어울려 놀게 한다든지, 유치원에서 나에게 [도움과 협조]를 베풀어서 선생님과 부모님께 [아픈 아이도 잘 돌봐 주는 착한 아이]라는 평가를 받게 해 주는 '매개체'로서의 친구였다.

그래서 친구라는 의미를 정확히 모르다가 온유 학교에서 진짜 친구를 만났다. 대부분의 친구가 좋았지만 '다운증후군'이라는 병명을 갖고 있는 [은표]라는 친구가 제일 좋았다.

내가 볼 때 은표는 밀도 질하고 노래도 질하고 글도 질 쓰고 그림도 잘 그리는 완벽한 아이였다. 게다가 예쁘기까지 했다. 큰 키와 획일화된 미를 강조하는 지구인들 사이에서 오히려 인형처럼 깜찍하고 귀여웠다. 왜 그런 애에게 다운증후군이라는 길고 긴 병명을 붙여 줬는지 이해하기 힘들었다. 병만으로도 힘든데 이름까지 꼭 그렇게 길고 복잡하게 지어 줬어야 속이 후련했니?

또 '자폐'라는 병명도 그렇다. 우리 학교의 자폐친구들은 덩치는 커도 마치 큰 눈을 끔벅끔벅거리는 곰인형처럼 고슬고슬하고 순박해 보였다. [지능이 낮은 아이가 낯도 많이 가리는 병]이라고 얘기해도 될 텐데, 꼭 그렇게 폐쇄적으로 무섭고도 무거운 병명을 붙여 줘야 했니?

내가 지구인에게 외계인인 것처럼, 나에게는 지구인이 외계인이지 않은가? 보통 사람들의 기준에 편리하게 하기 위해 [장애인]

이라는 벽을 만들었을 뿐이다. 우리 학교에서 지내다 보면 [일반인]들이 더 장애인으로 보였다. 우리 학교의 친구들이 더 담백하고 간결한 존재였다. 비장애인들도 10명 중 1명 꼴로는 상스럽고 폭력적인 언행을 일삼는 나쁜 인간들이 있고, 장애인들도 그저 확률상 10% 내에서 성적인 행위나 위협적인 언행을 하는 사람이 있을 뿐이다. 그리고 장애인이든 비장애인이든 그 10%는 태어났을 때의 본성이 아니라 비정상적인 환경에 의해 무자비하게 길러진 [사회적 일탈인]인 것이다.

그래서 나는 5% 내에 들기로 마음먹었다. 나쁜 쪽이 아니라 좋은 쪽으로 말이다. 장애인과 비장애인을 모두 합한 숫자에서 5% 내에 들어가자는 목표가 생겼다. 장애인 내에서 상위권에 들어가기도 힘들 텐데 무려 비장애인을 합해서 5% 이내라니? 도대체 무엇으로 말인가? 웬 뜬금없는 자신감?

으흠. 지난번에 새들이 직접 짓는 둥지를 언급한 적이 있지 않는가? 그때 제비가 짓는 집이 특히 견고하고 탄탄하다고 언급했었다. 조류학자들이 말하길, 제비처럼 집을 지을 수 있는 새는 전 세계에 분포된 조류 중에 단 5%만 가능하다고 했다. 나도 그 제비들처럼 [단단하게 스며드는 능력]의 5% 내에 들어가기로 마음먹은 것이다. 영차.

나는 솔로? 이혼숙려캠프? 금쪽같은 내새끼? 결혼지옥? 요즘 유행이라며 엄마가 보고 있는 예능을 슬쩍 곁눈질해 보다 보면 한숨이 절로 나왔다. 도대체 일반인들은 왜 저렇게 복잡하고 구구절절하게 사는 거야? 왜 저리도 몸서리쳐지는 언행들을 하는 거야? 우리나라가 IT강국이라면서 왜 그렇게들 원시적으로 사는 거야? 우리처럼 스마트하게 살아 보라구, 쫌! 그래서 또 [스마트하고 담백하게 살기]의 5% 내에 들어가기로 마음먹은 것이다. 에헴.

아직 어린 꼬마들은 공이 떼구루루 굴러가면, 오직 그 공만 시야에 들어오는 법이다. 공을 잡아야 한다는 뇌의 우선 순위 명령에만 집중하기 때문에 차들이 수십 대가 돌진하는 위험천만한 도로 한가운데로 지진을 하기도 하는 법이다. 우리의 뇌는 그 꼬마들처럼 단순하고 담백하다. 그래서 멀티플레이어가 되지 못한다. 본능에 충실할 뿐, 다양하게 관찰하지 못하고, 깊이 있게 통찰하지 못한다. 언제 어느 골목에서 '공만 보이는 꼬마'가 툭 튀어나올지 모르니, 운전자들이 그 꼬마들의 특성을 미리 인지하고 천천히 운전하고 시선을 폭넓게 둔다면 사고를 줄일 수 있는 법이다. 일반인들이 그렇게 넓은 이해심으로 준비해 주신다면, 가족과 선생님들이 공만 따라가지 않게 설명해 주시고 반복적으로 훈련시켜 주신다면, 우리도 공만 무작정 따라가지 않고 주위를 세심하게 살펴보는 꼬마가 될 수 있다. 나는 마지막으로 [공만 따라가지 않는 꼬마]의 5% 내에 들어가기로 마음먹은 것이다. 오홋.

내 친구 은표는 단단하고 스마트하고 공을 따라가지 않는 것으로, 이미 5% 내에 들어 있는 나의 '롤모델'이었다. 은표가 집에서 만든 쿠키를 같이 나눠 먹자고 건네줄 때, 학교에서 김밥 만들기를 하다가 꼬다리를 슬쩍 한입에 홀라당 넣을 때, 라면을 매끈한 나무젓가락으로 호로록 쭉쭉 들이켤 때(나는 아직도 교정용 젓가락), 나는 은표가 넘넘 멋있어 보여서 나도 모르게 활짝 웃고 말았다. 사랑과 기침은 숨길 수 없다는 말이 있는 것처럼 나도 너무 행복할 땐 웃을 수밖에 없다. 웃음을 어떻게 감출 수 있단 말인가!

원래 아이들은 또래의 친구들을 좋아한다지만, 장애를 가진 아이들은 더 순수하게 [장애를 가진 친구들]을 사랑했다. 서로가 순수한 영혼이라는 것을 본능으로 알고 있는 것이다.

 별꿀이얏!

19

지구에는 맛있는 게 너무 많아!

나는 처음에 입맛이 너무 짧아서 엄마를 걱정시켰다. 근데 그럴 수밖에 없긴 했다. 모유와 분유를 벗어나서 이유식을 맛보면서부터 지구의 다양하고 자극적인 음식들에 적응할 수 없었다. 별꼴이야의 음식이 너무 단순했기 때문에 지구의 음식은 쓸데없이 복잡하다고만 생각했고 맛있다고 느끼지 않았었다. 그래서 진짜 생명을 부지할 정도로만 먹었고, 엄마는 또 그게 너무 걱정되어 온갖 영양제를 골고루 대령했다. 그 모든 영양제를 먹는 척하고 화장실에 가서 다 뱉어 버리다 엄마에게 현장을 딱 들킨 날…… 엄마는 나를 붙들고 하염없이 우셨다. '별아, 어떡하려고 그래? 그래도 먹고 자고 싸는 것은 해내야지! 그것도 하지 않으면 살 수가 없어! 이렇게 먹을 것이 넘치는 시대에 영양실조가 걸린다는 게 말이 되니?' 하면서 흐느껴 우셨다.

엄마의 눈물에 마음이 흔들려서 그래도 마음잡고 뭔가를 씹어 보려고 용기를 낸 것이 왕꿈틀이 젤리였다. 분명 뭔가 징그럽고 길쭉하게 생겼는데, 그래서 오히려 내 호기심을 자극했다. 다른 젤리는 작고 예쁘게 생겨서 먹기가 왠지 미안했는데 왕꿈틀이 젤리는 그런 죄책감이 없었고 질근질근 씹어 먹다 보면 스트레스도 사라지는 느낌이었다. 별꼴이야에서 산소로만 음식을 흡입하던 내가 드디어 이와 잇몸을 움직여서 씹고 목구멍 너머로 미끄덩 넘기는 재미를 알게 된 것이었다. 그리고 드디어 '그날'이 왔다.

가족들과 식당에 갔다가 벽면에 쓰인 눈에 띄는 단어를 발견하고 말았다. [왕 갈비탕!] 왕! 왕! 왕!

왕꿈틀이 젤리를 먹고 있긴 했지만, 빨간색으로 큼지막하게 쓰인 그 글자에 매료되고 말았다. 그날부터 나는 왕갈비탕도 잘 먹고 왕돈가스도 잘 먹고 왕꿈틀이 젤리도 잘 먹는 어린이가 되었고 조금씩 살을 붙여서 십대가 되면서부터는 키도 크고 살도 찐 튼튼한 아이가 되었다. 그리고 위장이 늘어났는지 언젠가부터 못 먹는 게 없는 [통통한 미식가]가 되어 있었다. 먹기는 운동선수처럼 먹으면서, 운동을 전혀 안 했더니 살덩어리가 찰싹 붙어 버렸다. 나를 먹이려고 우셨던 엄마는 이제 제발 그만 좀 먹자고 협박하셨다.

'엄마, 좀 봐줘요. 지구에 맛있는 게 너무 많아서요! 엄마 요리 솜씨가 너무 좋아서라고요! [살]은 찌는 데에 존재 의미가 있는 거라고요! 살이 빠져 버리면 살은 형태가 없어져서 사라지는 거잖아요? [살] 좀 살려 줍시다. 제발, 쫌!' 하며 나도 엄마에게 마음속으로 맞받아치고 있었다.

입맛이 살아나 뭐든 먹을 게 없나 희번덕거리며 냉장고를 뒤져 대던 나에게, 화르르 걷잡을 수 없는 불을 붙인 것이 바로《흑백요리사》였다.

세상에나! 요리는 아르(아트)구나! 예술이네, 예술이야!

심사위원들이 안대를 쓰고 맛을 감상할 때, 내 심장이 멎는 줄 알았다. 아니 내 심장은 아예 박동을 뚜욱 멈춰 버렸다. 심장은 멎었는데, 혀만 낼름낼름거리며 촐싹대고 있었다. 지구에 맛있는 음식이 많다는 건 알았지만 우리나라에 특히 맛있는 요리가 많다는 것을 알게 되었다. (대한민국 만세!)

흑백요리사를 추앙하느라 우리 집 수건이 남아나질 않았다.

내가 길고 얇은 수건을 몇 개씩 가방에 챙겨서 가져갔다.

학교 친구들에게 씌우고 '쎕쎕'거리며 놀았다. 담임 선생님께서는 술래잡기를 하는 줄 아시고 스스로 수건을 두르고 우리를 찾으러 다니셨다. 상담을 하러 오신 엄마가 '별이 장래 희망이 쉐프랍니다' 하고 말씀하셔서 그 쎔이 쉐프라는 건 아시고 빵! 터지셨다.

"우리 별이는 개그우먼을 해야 할 것 같아요. 너무 웃겨서 숨 쉬기가 힘들어요. 호호홋!"

담임 선생님께서 숨을 고르며 말씀하셨다.

"그러게요. 지난 주말에는 우연히 TV채널을 돌리다 첩보원들끼리 격투하는 좀 거친 장면을 보게 되었어요. 이왕지사 이렇게 된 거 별이는 그런 장면을 보고 무슨 생각을 하는지 궁금해서 '별아, 아저씨들이 뭐 하고 있어요?' 하고 물어봤어요. 글쎄, 천연덕스럽게 '태권도를 하고 있어요' 하고 대답하더라고요!"

엄마 역시 웃음을 거우 참으며 대답하셨다.

이런, 이런. 쉐프도 하고 싶고 개그우먼도 하고 싶다. 재능이 너무 넘쳐도 고민이 많아지는 법이다. 우훗.

20

엄마는 천사다

나름 평화롭던 어느 날, 또 한 번의 사건이 나라를 들썩였다. 어느 유명인의 외동딸이 온유 학교에 다니고 있었는데, 최근에 아이가 많이 불안해했고 급기야 그 유명인은 절대 해서는 안 될 행동을 하고 말았다. 담임 선생님의 아동학대가 의심되어 아이의 가방에 '녹음기'를 넣고 말았던 것이다. 그 사건은 일파만파 커졌고 몇 달간 네이버 검색 순위 1위를 달리며 온 국민에 회자되었다. 그 사건을 접하는 모든 사람들의 반응은 제각각이었지만 나는 그 사건으로 잘 몰랐던 한글을 완벽하게 이해할 수 있었다. [오죽했으면, 고약하다]라는 한글이었다.

그 선생님은 오죽했으면, 그 아이는 오죽했으면, 그 부모님은 오죽했으면, 뭔가 자극적인 가십거리를 계속 양산해야 했던 언론들은 오죽했으면…… 모든 일이 그야말로 점입가경으로 고약하게 흘러가고 있었다. 그리고 울 엄마도 오죽했으면 정신건강의학과에서 내 약을 2mL만 증량할 수 있겠냐고 부탁을 드렸을까?

의사 선생님은 굳이 증량할 필요가 없겠다고 고개를 갸우뚱거리셨다. 그 의사 선생님 앞에서 엄마는 눈물을 글썽거리며 구구절절 증량의 필요성을 이야기하셨다. 의사 선생님도 마침내 두려워지셨다. '선생님은 저희 애를 딱 5분 보시지만, 저는 24시간·365일 내내 아이를 케어합니다!' 하는 진상 고객을 만날까 두려워 슬쩍 증량을 허락하셨다. 사실 엄마도 두려웠다. 똑같은 상황일지라도 그냥 말이나 행동으로 하는 것과, 몰래 카메라나 녹음기 같은 '얄궂고 캐릭터화 된 물건'이 등장하는 것은 차원이 다른 후폭풍이 몰아치는 법이다. 그리고 남의 일일때는 온몸이 분노로만 가득 차겠지만, 내 일이 될 때는 머리끝부터 발끝까지 오장육부가 다 덜덜 떨리는 것이다. 동네 놀이터에서도 그 유명인의 이름을 들먹이며 '저 엄마도 주머니에 녹음기 넣고 왔을지 모르니 말조심하자' 하며 수군댈 것이고, 같은 온유 학교와 온유 센터에서도 모두 조금씩 병명이 달랐기에 다른 친구들의 부모님들도 그 유명인의 얘기를 슬쩍 꺼낼 것이다. '별이도 같은 병인 거지요?' 하고 물어보며 그분들도 결국 기필코 끝끝내 한마디씩을 할 것이고, 그 한마디씩이 모여 수많은 화살촉이 되어 나와 엄마의 가슴에 축축축 박힐 거라고! 엄마는 또 약점 잡힌 죄인이 되어 고개를 힘없이 수그려야 할 것이라고!

평소와 다름없을 나의 말과 행동이 그들에게는 특별한 표적이될 것이기에 미리 더 조심해야 한다고 약을 증량하자고 하신 것이었다.

하지만 역시 그 약은 나에게 과했다. 나는 내 머리가 한쪽으로 갸우뚱해지는 것을 느꼈다. 자꾸 한쪽 어깨가 기울어지는 것 같았다. 하지만 엄마에게 설명할 순 없었다. 다행히 엄마가 알아차리고 며칠 만에 증량한 약을 중단시켰다.

다음 달에 병원에 가서 자백하셨다. '애가 차분해지는 것이 아니라, 오히려 눌려 있어요. 애를 차분하게 만들려고 제가 바윗덩이를 증량했어요'라고.

　나는 기분이 좋아졌다. 아이를 위해 엄마의 잘못된 선택을 인정하고 반성하는 용기를 보이셨다.

　'별아. 미안해. 많이 무거웠지? 엄마가 잘못했어'라고 사과도 하셨다. 우리 엄마는 천사다!

21

피아노를 배우다

피아노를 배우기 시작했다. 수학이나 체육 같은 과목은 하기 싫다고 질색을 했지만, 음악을 듣거나 실로폰 연주 배우는 것은 흥미를 보였기에 피아노를 시도하게 되었다. 그리고 결정적인 이유는 내가 손가락이 길쭉길쭉 길다는 것이었다. 엄마는 내가 퍼즐을 완벽하게 못 맞추고 색칠하기를 꼼꼼하게 못 하는 이유가 내가 그 부분에 재능이 없어서가 아니라 내 손가락이 너무 길어서라고 하셨다.

"꼼꼼하게 맞추고 진득하게 색칠하고 싶어도 손가락이 너무 길어서 자꾸 뻗쳐 니기니끼, 너도 그 손가락을 구부려 오므리기가 짜증 나서 퍼즐도 그만 확 엎어 버리고 애꿎은 크레파스도 뚝 부러뜨리는 거지?"

"……"

그냥 아무 대답도 할 수 없었다. (고슴도치도 지 새끼 털은 보드랍디 보드라운 법이라는데, 우리 엄마는 말해 뭐 해!)

피아노 학원 선생님께서는 정성껏 온유하게 가르쳐 주셨다. 콩나물 머리처럼 생긴 그것이 [음표]라고 가르쳐 주셨다. 음표. 음표. 음표. 은표…… 어쩔 수 없었다. 나는 음표를 배우며 내 유일한 친구, 은표를 떠올렸고 몇 주 후에 '응포'라고 부르던 내 친구 이름을 정확하게 [은표]라고 부를 수 있었다. 그리고 피아노 학원에서 또 한 가지의 소득이 있었다. 내가 평소에 'ㅅ' 발음이 잘 안 되어서 'ㅎ'으로 발음하는 경우가 많았었다. 이를 테면 '이소희 선생님'을 부를 때 '이호희 형행님'하고 부르는 식이었다. 일생일대 그 최대의 난제가 피아노학원에서 [도레미파솔~ 라시도~]를 반복으로 배우는 과정에서 자연스럽게 해결되었다.

"어머, 어머, 선생님. 너무 감사해요! 학교나 센터에서 그렇게 언어치료를 받아도 해결이 안 되었었는데 피아노 학원에서 치료가 되었어요! 선생님, 비결이 뭘까요?"

우리 엄마가 피아노 선생님이 숨겨 놓은 도깨비방망이라도 있는 것처럼 호들갑을 떨었다. 내가 찡찡거리며 엄마 옷자락을 잡아서 겨우 학원 밖으로 끌어냈다.

엄마. 그러지 말아요. 학교 선생님이나 센터 선생님의 교육 방법이 잘못되었던 게 아니에요. 그분들도 열심히 가르쳐 주셨지만 '결과'를 정해 놓고 해내야만 한다는 기준을 주시니까 선생님들 얼굴만 뵈면 'ㅅ, ㅅ, ㅅ, ㅅ, ㅅ'이 떠올랐어요. 그래서 그 쉬운 'ㅅ'이라는 발음을 할 수가 없었어요. 근데 피아노 선생님께서는 발음을 고쳐야 할 의무가 없으시니까 그냥 정성껏 자연스럽게 온유하게 가르쳐 주셨잖아요? 그래서 저도 그냥 마음이 가는 대로 혓바닥이 리듬을 타게 되었어요. 'ㅅ' 발음이 나도 모르게 흥얼거리는 콧노래처럼 자연스럽게 나와 버린 거예요. 무엇을 배우든 자연스럽게. 그래야 스트레스 없이 스며들 듯 습득할 수 있는 거예요.

22
엄마의 잠수

엄마가 잠수를 타셨다. 우리 엄마가 해녀냐고? 그런 농담은 시대에 뒤떨어지는 조크이니 재미 하나도 없다고 냉정한 조언을 드리겠다. 그리고 그런 농담을 할 만큼의 마음의 여유가 없다는 것도 더불어 말씀드리겠다. 엄마는 서서히 가라앉고 있었다. 이 세상에서 멀어져서 자기만의 세계로 웅크려 들고 있었다. 엄마에게 [우울증]이 찾아왔다.

사실 진즉에 찾아올 만한 병이었지만 그동안은 엄마가 용케 버티고 버텨 오신 거였고, 이제는 한 번은 극복해야 할 관문처럼 올 것이 오고야 만 것이디.

엄마는 되도록 [하는 것]보다는, [하지 않는 것]을 선택하셨다. 엄마는 '하고 싶은 일'을 하지 않으셨다. 엄마는 '할 수 있는 일'을 하지 않으셨다. 엄마는 오직 '해야 할 일'만 묵묵히 해내고 계셨다. 엄마의 감정이 아닌, 엄마의 습관이 움직이는 것이었다. 나를 데리고 나가야 할 때 말고는 집에만 계셨고 약속을 잡지 않으셨다. 친구들·지인들과 연락을 하지 않으셨고, 어른들에게 오는 연락만 마지못해 받으셨다. 절대 먼저 묻지 않으셨다. 묻는 말에만 마지못해 '예, 아니오'로 기계적으로 대답하셨다.

엄마는 더 이상 '바스락거리기'를 중단하셨다. 그 전에는 좋은 일에 기뻐하고 나쁜 일에 분노하셨고 하루에도 여러 번을 롤러코스터 타듯 오르락내리락거리셨지만 이제는 웬만한 일에는 마음이 바스락거리지 않으셨다.

나는 처음에 엄마의 마음이 평온을 찾았다고 생각해서 오히려 기뻐했다. '엄마. 크리스마스 선물을 미리 받으셨네요. 축하드려요!' 하고 마음껏 축하해 주었다. 그래서 엄마가 딱 해야 할 일만 감정 없이 로봇처럼 끝내고 나서 남는 시간을 소파에 누워 눈을 꼭 감고 계실 때, 더 편안히 쉬시라고 우리 엄마의 애착템인 '극세사 이불'을 낑낑거리며 들고 가서 덮어 드리고는 했다. [진정한 우정이란, 친구가 하수구에 빠졌을 때 춥지 않게 뚜껑을 꼬옥 닫아 주는 것이라는 우스갯소리를 어디선가 들은 적이 있었다.

엄마는 바닥이 어디인지 모를 심연으로 계속 가라앉고 있었고, 어느 누구도 다시 팅겨 솟구쳐 나올 작은 튜브 하나 던져 주지 못했다. 아마 엄마의 상태는 중간쯤이었으리라. 이대로 깊은 바닷속으로 영원히 가라앉아 버리고 싶은 절망과, 누군가 튜브를 던져 주면 기다렸다는 듯 그 튜브를 구명정 삼아 내륙으로 다시 돌아오고 싶은 희망의 중간쯤이었으리라. 그 가라앉음을 엄마는 '무섭다'고 표현하셨다. 극세사 이불을 얼굴까지 푹 덮고 꼼짝을 안 하시면서 무섭다고 중얼거리는 것을 내 예민한 청각이 포착해 버렸다.

무섭다고? 나도 물론 무섭다는 감정 정도는 알고 있다. 어른들이 화를 안 내는 척, 나는 이렇게 온유한 사람이라고 과시하듯 목소리를 일부러 낮추고 웃으며 조단조단 얘기하실 때가 있다. 그래도 나는 눈동자가 차가운 것을 느낄 수 있기에 오히려 그럴 때

 별꼴이얏!

가 더 무섭다고 느낀다. 속으로는 화가 가득 차서 부글부글 끓기 직전인데 애써 미소를 짓는 모습이 더 섬뜩하게 느껴지는 것이다. 그러니까 이를 테면 '희망 고문' 같은 것이다. 목소리 작게 웃고 있으니, 목소리 크게 활짝 웃을 수도 있다는 희망을 슬그머니 품었다가 된통 날벼락을 맞으면 그 벼락이 얼마나 더 무섭고 아프겠는가. 한밤중보다 새벽 공기가 오히려 더 차갑게 느껴지는 것처럼……

엄마는 [작은 개미]가 되어 있었다. 이 세상 모든 사람들이, 그 튼튼한 등산화로 밟는다는 느낌조차 없이 쓰윽 짓이기고 지나가는 등산객처럼 보였을 것이다.

엄마는 지푸라기로 집을 지어서, 날카로운 이빨과 발톱으로 그 집을 뚫고 난입하는 포악한 늑대를 맞닥뜨린, 작고 토실한 그저 [귀여운 아기 돼지]가 되어 있었다.

엄마는 낭떠러지 끝에서 겨우 붙잡은 밧줄이 날카로운 바위 끝에서 사각거리며 투두둑 뜯어지기 직전의 [외롭고 외로운 조난자]가 되어 있었다.

물론 무섭다는 감정을 안다 해도, 나에게 가장 무서운 것은 [왕갈비탕과 왕돈가스와 왕꿈틀이 젤리를 못 먹는 것이었으니 엄마를 온전히 이해하기는 힘들었으리라. 그래서 지난번에 배운 '용기'를 주기 위해 물이라도 한 바가지 부어 드릴까 생각했지만, 그것도 해결책이 아니라고 결론 내렸다. 물론 그동안 내가 나이를 더 먹었기에 그런 방법은 너무 유치하다는 걸 알게 되었기도 하고, 지금 엄마의 상태로는 그 정도 양의 물로는 '족발보쌈 특대 사이즈' 앞에서 침 몇 방울 튀기는 것만큼의 미미한 효과도 없을 것이라는 것을 알 수 있어서였다.

그래서 우선 내가 생각한 방법은, 우리 집 베란다의 건조기 버튼을 마구마구 돌려서 결국 그 건조기를 고장 내는 것이었다. 왜 엄마를 돕지는 못할망정 더 힘들게 하는 망나니짓을 하고 있냐고? 도대체 언제 철이 들 거냐고?

쉿! 건조기가 고장 나서 물기를 다 바닥까지 메마르게 하지 않아야 우리 엄마도 질척한 옷을 입고 '용기'라는 물을 흠뻑 적실 수 있지 않겠는가?……

그래. 물론 예상했듯이 우울증 걸린 엄마가 AS센터에 몇 번이나 전화하고 엔지니어가 방문해서 대면상담을 하는 귀찮고 번거로운 과정을 거쳐서 건조기를 고쳤겠는가? 그저 심드렁한 얼굴로, 세탁한 옷들을 그냥 건조대에 널어서 말리는 통에 몇 달 동안 꾸리꾸리한 냄새나는 옷을 입고 다니느라 진짜 죽을 뻔했다.

이번에도 [구원]은 뜻밖의 사람에게서 나타났다. 바로 구름이 오빠였다. 한창 사춘기의 정점을 찍고 있는 탓에, 아직도 집에 오면 밥만 먹고 자기 방으로 쏙 들어가서 컴퓨터 게임에 매진하시느라, 설마 두 명의 아빠들이 다시 살아온대도 '앗, 잠깐, 헌아빠·새아빠, 지금 막 승급하기 일보직전이라 잠깐 실례' 하고 다시 문을

 별꼴이얏!

쾅 닫을 나날을 보내고 있었다.

그러던 어느 날, 시험 기간이라서 평소보다 일찍 집에 온 오빠가 아무도 없는 줄 알고 화장실 문을 열고 소변을 시원하게 보다가 거실 소파에 누워 있는 엄마의 두 눈과 딱 마주치고 말았으니, '구름아, 왜 독서실 안 가고 집으로 왔어?'라든지, '구름아, 제발 소변 좀 앉아서 보면 안 되겠니? 변기 주변이 끈적거려'라든지 잔소리를 왕창 들을 줄 알았던 오빠는 그냥 그 자리에서 얼어붙어 버렸다. 엄마는 두 눈을 뜨고 있었지만 마음을 감고 있는 상태였다. 눈동자가 흐리멍덩하세 멈춰 있었고 뭔가 움직이는 사물을 포착한 느낌이 전혀 없었다. 엄마가 죽은 줄 알고 놀란 오빠가 지퍼도 올리지 않은 채로 후다닥 달려가 '엄마? 엄마? 왜 그래?' 하고 온몸을 흔들어서야 그때서야 눈동자를 굴리고 몸을 바스락거리기 시작하셨다. 혼자서 우울의 늪에 깊이 빠져 있다가 겨우 세상으로 다시 돌아온 것이었다.

오빠가 당황한 순간에도 안도의 한숨을 내쉬며 엄마를 꼬옥 보듬어 주었다. 어렸을 때는 따숩디따수운 그 품에 많이도 안겼건만, 그 품을 차지하느라 하늘이 형이랑 많이도 싸웠건만 언젠가부터 별이(나?)가 그 품을 차지하고 틈을 내어 주지 않았었다. 사춘기가 되어 엄마보다 더 덩치가 커지고서는, 그깟 엄마 품은 필요하지도 않고 그립지도 않다고 시크하게 잊어버리고 살았었다.

구름이 오빠는 오늘에서야 알게 되었다. 이제는 오빠가, 그렇게

작게 오그라든 엄마의 몸을 애기처럼 따뜻하게 보듬어 줘야 할 때
가 되었다는 것을.

오빠들은 진짜 [대책회의]를 열었고, 나에게 특훈을 펼쳤다. 특
별훈련이라.

옛날의 무협지나 요즘 능력자들의 배틀전에서 보면, 여지껏 본
적 없던 강적이 갑툭튀하고, 주인공이 떡실신하고, 이때 정체불명
의 스승이 등장해서 특훈에 돌입하는 다소 식상하지만 그럴듯한
스토리가 펼쳐지지 않는가. 우리 집도 이제 이런 정서적 패턴을
거쳐서 한 단계 더 성장하는 거야? 오홋.

오빠들이 나에게 한 특별훈련은 [피아노 필살기]였다. 두 오빠
가 나를 내 방으로 데려가서 문을 잠궜다.

특훈은 꼭 이렇게 문을 잠그고 비명이 밖으로 새어 나가지 않게
혹독하게 치러야만 하는 거야? 내가 마음의 준비를 하고 무릎을
꿇었을 때, 구름이 오빠가 내 무릎 위로 장난감 피아노를 올렸다.

"별아, 너에게 오빠들이 임무를 줄 거야. 잘 해낼 수 있지? 우리
별이 피아노 칠 수 있지? 도레미파솔라시도 쳐 볼래?"

이런. 식은 죽 먹기보다 쉬운 임무라니 맥이 탁 풀렸다. 바이엘
이니 체르니까지는 아니어도, 그래도 〈바둑이 방울〉 정도는 섭렵
한 피아노의 고수에게 기껏 도레미파솔라시도라니?

"도~ 레~ 미~ 파~ 솔~ 라~ 시~ 도~"

나는 피아노의 고수답게 떵떵거리며 건반을 눌러 댔다.

별꼴이얏!

“별아, 잘했어. 우리의 마음도 이 피아노 건반과 같단다.

낮은 음 ‘도’에서 높은 음 ‘도’까지 텐션이 가라앉았다가 중간이었다가 높아졌다가를 반복하지. 똑같은 도레미파솔라시도라도 별이가 묵직하게 건반을 누르면 전체적으로 묵직해지고 가볍게 팅기듯 누르면 좀 더 부드러워지고 세게 누르면 험악해지기도 하지. 그래서 피아니스트가 누구냐에 따라서 같은 쇼팽의 곡도, 같은 베토벤의 곡도 천차만별로 연주되는 거란다. 근데 지금 엄마가 너무 가라앉아 계셔.

도··도끼지를 왔다 갔다 하셔아 하는데, 계속 도·레미까지만 머무르셔. [파]를 연주하지 못하고 계셔. 우리 별이가 엄마가 파를 칠 수 있게 좀 도와주라, 응?”

그래. 대충 무슨 뜻인지는 알아들었다. 그러니까 내가 장난감 피아노로 열심히 ‘파’를 쳐 대면, 그 마음의 소리가 파동을 일으켜 엄마에게 전달되고 엄마의 텐션이 파~에 이르고 솔라시도~까지 다다를 수 있다는 거지?

오빠들의 특훈 이후로 집에 머무르는 시간 내내 ‘파’를 쳐 댔다. 엄마가 평소에 층간소음 걱정을 많이 하셨기에 두꺼운 이불을 몇 채나 깔고 피아노를 쳤다.

남들이 들으면 그냥 ‘파’였겠지만 나는 나름으로 쇼팽처럼, 베토벤처럼 [파~ 파~ 파~ 파~ 파~ 파~]를 연주하고 또 연주했다.

그리고 2주쯤 후에 드디어 피아노 학원 선생님께서 엄마에게 전화를 하셨다. 내 신상에 무슨 변화가 있는지 여쭤보시며 별이가 이상하게 〈바둑이 방울〉을 '파파파 방울'로 바꿔서 치고, 낮은 음 '도'를 무조건 높은 음 '도'로 바꿔서 연주하고 있다고, 마치 쇼팽이나 베토벤이 빙의한 듯 장엄한 눈빛과 자세로 건반을 마구마구 두드리고 있다고 걱정스럽게 문의하셨다.

그 전화를 받고 엄마는 극세사 이불을 걷어차고 오랜만에 나를 직접 데리러 오셨다. 평소와 달리 학원차에 태우지 말라고 전화하셨다. 집에서 입으셨던 츄리닝 바지 그대로 헝클어진 머리도 그대로였지만 엄마의 눈빛은 달라져 있었다. 엄마가 다 이해했다는 눈빛으로 나를 꼬옥 보듬어 주셨다. 엄마랑 손 꼭 잡고 집으로 돌아오는 길에 엄마의 [우울]은 조금씩 조금씩 떨어져 나가 저 멀리 하늘 위의 하얀 구름 위에 자리를 잡고 갓 잡은 물고기의 반짝이는 비늘처럼 반짝거리기 시작했다. 푸근한 하늘과 폭신한 구름이 엄마의 우울을 꼬옥 보듬어 주었더니 우울조차도 빛나는 보석처럼 귀하고 소중해졌다.

23
엄마의 변신

우리 엄마가 변신을 했다.

전업 주부로만 사시다가 직장인이 되셨다. 어떤 특기를 살려서 직장인이 되셨냐고? 경력단절이 엄청 길었을 텐데 도대체 어떤 비결이 있었냐고? 우리 엄마는 경단녀가 아니었다. 육아와 살림을 했던 그동안의 경력으로 꼼꼼하게 가득 찬 전문인이었다. 아빠들 없이 혼자서 애 셋을 키워 낸, 눈물 없이 못 들을 히스토리로 꽉꽉 채운 실력 있는 전문인이었다. 그리고 특히 나를 키운 경험이 취직하시는 데 큰 [경력]이 되어 주었다.

아빠가 별똥이야도 벼날 작징을 하시고 우리를 먹고 살게 해 주기 위해 경제적인 부분을 미리 준비를 해 놓으셨다. 부동산을 꽤 소유하셨던 친할아버지를 어떻게 설득했는지 미리 유산 상속을 받으셨고, 아빠의 퇴직금과 저축도 모두 엄마 계좌로 옮겨 놓으셨었다. 아빠는 치밀하게 실종되셨지만 또 역시나 치밀하게 준비해 놓으신 거였다. 그 덕분에 엄마가 당장 생활전선에 나설 필요는 없었지만, 오빠들이 결혼할 때 좀 더 든든하게 지원을 해 주고 싶고 엄마가 세상을 떠난 후에 별이(나?)의 노후 준비도 탄탄하게 해 놓고 싶다고 하셨다.

물론 경제적인 부분만 생각하고 취업을 하신 것은 아니었다. 엄마는 나를 20년 가까이 키우면서 겪은 희망과 절망과 맨바닥에 넘어질 때마다 툴툴 털고 일어설 수 있었던 '노하우'를 공유하고 싶어 하셨다. 그 노하우로 다듬이 업계의 밝은 미래에 조금이나마

기여하고 싶어 하셨다. 그러니까 **[다듬이 업계의 소통 강사]**가 된 것이다. 쉽게 말해 **[보듬어 업계의 여자 김창옥 씨]**가 된 것이라면 이해가 빠를 것이다.

엄마는 **[코디네이터]**가 되셨다.

온유 업계의 교육자들은 다들 너무 열심히 일하고 계셨다. 물론 나이, 성별, 직종을 불문하고 어디에나 '나쁜 사람들'은 꼭 있는 법이다. 엄마가 뭐 하나라도 배워 보라고 보낸 '교육의 장'에서 폭언과 폭행(목 조르기 같은) 등의 학대에 시달린 끝에, 엄마가 얼굴을 씻기다가 목을 씻기려 하면 새파랗게 질려서 덜덜 떨며 목 씻기를 완강히 거부하기도 하는 등등, 그나마 발달이 지연되었던 아이가 아예 퇴행의 단계로 접어들기도 한다. 또 밤 12시가 넘는 시간에 선생님께 전화를 걸어 '애 아빠가 매일 술 마시고 밤늦게 들어오기가 다반사인데 이렇게는 살기 싫으니 아예 이혼을 하는 게 어떻겠냐'고 인생사를 상담하는 진상 학부모도 있다. 그런 극소수의 나쁜 교육자들과 나쁜 학부모들이 있지만 그 10%를 제외한 90%의 종사자들은 아침에 눈떠서 잠들 때까지 아니 꿈속에서까지 맡은 바 임무를 열심히 수행하고 계셨다.

온유 교육청은 거침없이 훌륭하게 본연의 임무를 잘하고 계셨고, 온유 학교 선생님들께서는 또 희생과 헌신으로 아이들을 교육하셨고, 온유 센터 선생님들께서도 공교육에서 미처 못 챙긴 사교육을 열심히 교육하셨다. 학부모님들도 온유 세계의 **[신사임당]**

별꼴이얏!

이 되려고 매일매일 고군분투하셨다. 그 가운데에서 우리는……

외로웠다.

온유 업계는 곡선이 아니라 직선이었다. 다들 자신의 업무를 열심히 보시느라 서로 평행선으로 달려가셨다. 훌륭한 장애인을 만들기 위해 쭈욱 달려갈 뿐, 서로 곡선이 되어 만나지는 못했다. 우리는 그들의 헌신과 배려를 품은 그 기대만큼의 훌륭한 장애인이 되어 주지 못해서 항상 외로웠고 죄송했다. 그분들의 눈치를 보는 날도 많았다.

그래서 우리 엄마가 그들 모두를 연결하는 코디네이터가 되셨다. 나를 낳으신 경험으로, 장애인과 한 몸이 된 입장에서 강의를 하셨다. 나를 키운 엄마의 경험으로, 같은 처지의 장애인의 부모님들께 강의를 하셨다. 나를 교육기관에 보낸 경험으로, 교육청 선생님들과 학교의 선생님들과 센터 선생님들께 강의를 하셨다.

엄마의 강연회는 나름 호황을 이루었다. 강연 내내 눈물을 훔치시던 분들이 강연을 다 듣고 나서는 환하게 웃으시며 출구를 나서셨다. 어떤 엄마가 내 손을 꼬옥 잡고 우셨다. '별아, 고맙다. 우리 별이 덕분에 우리 찬송이도 이제 외롭지 않을 거야' 하고 감사인사를 건네셨다.

24

아빠가 연락하다

아빠에게서 연락이 왔다⋯⋯

어떤 아빠냐고? 엄마가 세 번째 결혼을 했냐고?

아, 제발 그러지들 마시라. 남의 인생을 그렇게 쉽게 평가하지들 마시라. 느끼하고 텁텁한 음식을 먹은 후에 본인들 입맛을 세 그렇게 간지럽혀 줄 자극적인 디저트로만 상상하지 마시라. 본인 인생은 수박이나 메론처럼 부드럽고 달콤한 맛이기를 바라면서 남의 인생은 꼭 그렇게 2배사과식초를 넣은 오이냉채나, 빙초산을 넉넉히 둘러 온몸이 움찔거리게 톡톡 쏘게 만드는 전라도 홍어무침 같은 그런 '센 맛'이어야만 속이 시원하니? 교양 있고 부터 나게 차려 입고 역시나 멋있고 낭만적으로 꾸며진 감성 있는 카페에서 커피를 마시면서, 꼭 그렇게 육질이 너무 질겨서 몇 십 번을 씹어야 목구멍으로 겨우 넘어가는 수입산 돼지고기를 먹을 때처럼, 남을 잘근잘근 씹어 대야 니네들 삶이 강원도 횡성의 '투 플러스 한우'처럼 부드럽다고 느껴지니?

그래. 우리 엄마 인생에 더 이상의 결혼은 없었어. 첫사랑인 첫 번째 남편과는 사별했고, 우리 아빠는 실종된 것일 뿐이야. 우리 엄마는 여전히 우리 아빠를 사랑하고 있거든! 그리고 기다리고 있거든! 남의 인생을 쥐뿔도 모르면서 어찌 내 인생을 온전히 안다고 자신할 수 있겠니? 우리 엄마가 두 번의 결혼을 했다고 그저 그런 여자로 도매급으로 하찮게 넘기는 경솔한 언행은 삼가시길 정중히 부탁드려 볼게. 대학원 나왔다고 으쓱대면서 그래서 구질

구질하게 살기 싫다고 비혼주의를 고수하는 당신들보다는, 우리 엄마가 인생 경험도 훨씬 많고 그만큼의 깊은 통찰력을 겸비한 분이시란다. 그래서 나는 그 어떤 잘난 사람보다 우리 엄마랑 같이 다닐 때 어깨가 '으쓱으쓱'거려진단다.

앗! 아빠 얘기를 꺼내다 이야기가 삼천포로 빠져 버렸다.

우리 아빠, 진짜 우리 아빠, 잔디 인형이 연락을 해 왔다. 며칠 전부터 양쪽 가슴이 욱신욱신거리고 영 컨디션이 안 좋아서 그냥 [생리 전 증후군]인 줄 알고, 엄마에게 힌트를 주려고 내 방바닥에 생리대를 일렬로 쭈욱 늘어놓았었다. (새하얗고 폭신폭신한 생리대의 행렬은, 첫눈 내린 날 같다.)

이 시점에서 '앗! 장애인도 생리를 하는구나……'라고 생각하신 분이 계시다면, 알아서 자수하고 광명을 찾길 바란다. 5초만 가슴에 손을 얹고 반성하신다면 이 넉넉한 마음으로 흔쾌히 용서해 드리겠다.

장애인도 사람이다. 태어나서 죽을 때까지 '할 수 있는 일'과 '해야 할 일'을 해내며 살아간다. 여자는 여자의 예쁜 몸을 갖고 태어나서 여자로 자라나고, 남자는 남자의 멋진 몸을 갖고 태어나서 남자로 자라난다.

앗차! 또 흥분하는 통에 아빠 얘기를 깜박했다. 미안하다. 그동안은 내가 먼저 교신을 했고 그것이 우리의 규칙이라고 알고 있었다. 그런데 그 규칙을 깨고 우리 아빠가 교신을 시도하셨다. 오른쪽 찌찌가 3일째 계속 움쓱움쓱거렸다. 뭔가 별꼴이야에서 연락 오는 것 같은 느낌이 들었다. 깊은 밤에 오른쪽 찌찌를 세게 세 번을 눌렀다.

"끼끼삐삐 마꾸마꾸 코코뿌씨 도콜라이 따떼쁘꼬?"

(대충 번역하자면, 연락하셨습니까? 무슨 일이십니까? 정도)

"별아…… 아빠야."

아빠의 목소리가 후들후들 떨렸다.

너무너무 따뜻했던 목소리였다.

짧은 시간 원망했던 목소리였다.

긴 시간을 그리웠던 목소리였다.

"……"

나는 그냥 온몸이 얼어붙어 아무 말도 할 수 없었다.

"별아, 미안해. 아빠가 돌아오길 기다렸지? 엄마랑 오빠들은…… 잘 지내고 있지? 괜찮은 거지?"

아빠의 목소리도 미안함으로 얼어붙어 깨지기 직전이었다.

"아…… 빠…… 보고…… 시퍼……"

더 이상의 긴 문장은 지금의 한국어 실력으로는 불가능했다. 아니 솔직히 세 문장 정도는 할 수 있었지만 그냥 말하기 싫었다. 그리고 또 웬일인지 아빠랑 별꼴이야의 언어로 거침없이 유려하게 대화하기도 꺼려졌다.

엄마랑 오빠들이 지구인이기 때문에 '아빠와 나만의 언어'를 쓰는 게 마치 배신처럼 느껴지기도 했고, 아빠도 지구인이었다는 사실을 상기시켜 주고 싶었고, 나도 이젠 완전히 지구인이라는 사실을 알려 주고 싶었던 것 같다.

"그래. 별아. 아빠가 너무 미안해…… 암호는 해독했지? 여기 언니가 많이 아파. 지구로 치면 암에 걸려서 많이 위독한 상태라고 보면 돼. 어떻게든 아빠가 언니를 보살펴서 병을 좀 낫게 해야겠지?

너가 너무 혼란스러워할까 봐 아빠의 정체를 밝힐 수가 없었어. 아빠가 떠난다는 것을 가족들에게 설명할 수 없어서 그냥 실종되어 버렸어. 미안해……

엄마와 하늘이와 구름이와 별이 덕분에 아빠의 지구생활은 너무 즐겁고 행복했어. 아빠는 그런 행복한 기억을 가지고 올 수 있었는데, 별이와 가족들을 '남겨 두고' 와 버려서 너무너무 힘들었어. 별이랑 엄마랑 오빠들이 매일매일 그리웠어. 으흐흑."

아빠가 전후 사정을 설명하시며 흐느끼셨다.

"아빠…… 호…… 호…… 호……"

남이 아픈 걸 몰라주면서 어찌 내 상처만 쓰리다고 찡찡거리겠는가? 우리를 선택할 수 없어서 그 죄책감으로 잔디 인형이 되어야 했던 [우리 아빠]였다. 나도 아빠의 상처를 감싸안아 주고 싶었다. 내가 넘어져 무릎을 긁혔을 때 우리 아빠가 새살 돋아나는 연고를 발라 주며 호호거렸던 것처럼.

“별아…… 으흐흑.”

아빠가 대놓고 울음을 토해 내고 계셨다.

“아빠…… 꼬기, 꼬기, 꼬기, 마니, 마니, 마니.”

아빠도 별꼴이야에서 건강하게 지내시라는 뜻이었다.

“응. 그래, 아빠도 고기 많이 먹고 잘 지내라는 뜻이지? 고마워. 교신 시간이 제한되어 있어서 이제 그만 끊을게. 규칙을 깨고 교신한 거라서 또 연락하지는 못할 거야. 별아, 엄마랑 오빠들에게 안부 전해 줘야 돼. 그리고 알고 있지? 꼭 다시 만나자!”

교신상태가 치지직거리기 시작했다.

“아빠, 아빠, 아빠, 아빠, 아빠, 아빠, 아빠~”

나는 ‘사랑해’라는 말 대신 아빠를 연속으로 불렀다. 아빠의 남은 나날이 [아빠]라는 단어로 가득 찰 수 있도록. 아빠가 먹는 것과 아빠가 입는 것과 아빠의 자는 것이 모두 아빠로만 따뜻하게 채워질 수 있도록.

아마도 우리 아빠는 눈치채셨을 것이다. 내가 작년 가을에 아빠를 많이 그리워했고 아빠를 여러 번 만났다는 것을.

작년에 가을이 제철인 나무들이 노오랗게 빠알갛게 물들었을 때, 나는 아빠를 여러 번 만났었다. 샛노란색을 넘어 황금색으로 물든 은행잎이 수북수북 쌓여 있을 때 ‘우리 별이는 차곡차곡 쌓여서 금덩어리처럼 빛나는 사람이 될 거야’ 하고 말해 주던 아빠를 만났고, 별꼴이야 같은 뾰족뾰족한 비주얼로 존재감을 뽐내는 단풍나무 잎들을 보며 또르르 흘러내리는 눈물을 감추려고 입이 찢어져라 쩌억 하품을 했었다는 것을. 아빠의 유일한 취미가 별 보러 가기였던 이유가 아빠의 절절한 향수병 때문임을 알게 되었고, 아빠가 기다려 주는 사랑을 열띠게 웅변하셨던 이유가 [나와 아빠]가 오랜 기간을 서로 기다려야 할 미래를 암시했다는 것을 알게 되었고, 그 운명을 이제는 좀 더 자란 딸이 받아들였다는 것을 눈치채셨을 것이다. 엄마·오빠들이랑 연천에 가서 [망향 비빔 국수]를 먹고 돌아오는 길에, 적성의 감악산에 있는 ‘영국군 전적비’를 찾아갔었다.

왜 하필이면 영국군 전적비냐고?

별꼴이야에 있는 아빠와 우리 가족과의 거리가 뭔가 6.25 전쟁에 참전했던 그분들의 고향과의 거리만큼 아득하게 멀지 않을까 싶어서였다. 내가 ‘저기 가 볼 거야. 저기 가 볼 거야’ 하면서 떼를 썼었다.

그곳에서 하늘이 오빠와 구름이 오빠가 속마음을 털어놓았었다. 오빠들이 몇 년 전에 서로 번갈아 군대에 입대하고 제대할 때, 오빠들의 헌아빠와 새아빠를 많이 그리워했다는 것을. ‘군대 입대하고 제대하는 날, 아빠들이 너무 보고 싶더라. 여자들은 첫아이 낳을 때 친정 엄마가 안 계시면 그렇게 서럽다는데, 우리는 아빠들이 안 계셔서 너무 헛헛하더라……’ 하고 두 분의 아빠를 그냥

                                                                별꼴이얏!

[아빠들]이라고만 불렀다는 것을.

우리 가족은 이제 아빠가 남겨 두고 간 가족이 아니라, [버티고 스며든 튼튼한 가족]이 되었음을. 아빠의 막내딸인, 비리디비린 고도리는 그래도 DHA의 **D** 정도는 갖게 되었음을 눈치채셨을 것이다.

아빠와 교신을 하고 내 그리움은 어느 정도 해소가 되었지만, 여전히 아빠를 기다리며 끙끙거리고 있는 엄마에게 이 소식을 어떻게 전해야 할지 고민이 되었다.

나는 내가 아끼는 동화책이 꽂혀 있는 책장에서 무언가를 찾았다. 예전에 책 먹는 여우에서 발견했던 그 메모지였다.

그때 그 메모지를 버리지는 않았지만 엄마에게 그 뜻을 이해시키기는 힘들었기에 따로 『아기 돼지 삼형제』 책갈피에 보관하고 있었다. 아기 돼지 삼형제는 이제 너무 유치하다고 아무도 꺼내 보지 않았기에 누구에게도 들키지 않고 소중하게 간직하기에 적절한 장소였다.

나는 그 메모지를 꺼내서 엄마에게 내밀었다.

"응? 니콜라스 케이지? 누가 준 거야?"

엄마가 이게 무슨 생경한 종이인지 궁금해하며 되물었다.

"아……빠……"

나는 그 말밖에 할 수가 없었다.

“아……빠?”

엄마가 내 입에서 오랜만에 나온, 그 낯선 언어에 너무 당황해하셨다. 그냥 말만 했으면 아빠가 생각났나 보다고 짐작했을 텐데, 이 조그맣고 하얀 메모지가 엄마를 흥분시켜 버렸다. 그냥 하얗고 조그맣기만 한 게 아니라, 빨간 글씨 위에 막 줄이 그어진 고뇌의 흔적이 남아 있고 다시 곱게 쓴 글씨 위엔 작지만 동그란 점이 새롭게 찍혀 있었다.

“아빠? 맞네. 아빠 글씨체가 맞네! 아빠가 이걸 너에게 남겼어? 흐으음……”

명석한 엄마는 똑똑한 머리에다 아줌마의 촉까지 더해서 이른바 [탐정놀이]를 시작하셨다.

“별아, 아빠가 엄마가 아닌 너에게 이 메모지를 남긴 건, 너만이 알 수 있는 무언가가 있다는 뜻이지? 그리고 첫 번째 쓴 문장은 부정의 뜻으로 줄을 그었고, 두 번째 문장은 다시 점을 추가해서 새로 쓰셨잖아?

오케이. 아빠의 성격으로 미루어 짐작해 볼 때 첫 번째 줄은 현실을 알리는 부정적인 글이었지만, 점을 추가함으로써 우리에게 희망의 메시지를 남기신 거지?

별아, 엄마의 추측이 맞지? 먼 훗날이 될지라도 아빠가 꼭 돌아오신다는 뜻이지?”

“……”

왐마. 이럴 수가. 탐정사무소를 차려도 될 엄마의 탁월한 분석력
에 두 손 두 발, 모두 들고 말았다. 나는 더할 나위 없다는 긍정의
뜻으로 엄지손가락과 검지손가락으로 동그라미를 만들었다. **OK.**

25

언니를 불러 보다

하늘이 오빠와 구름이 오빠가 2년 간격으로 결혼을 했다. 당연히 축하하고 무한한 응원을 보내야 할 기쁜 소식이었다. 하지만 이번에도 역시 나의 존재가 걸림돌이 되었다. 무자비하게 조건을 따지는 대한민국에서, 아무리 사랑하는 사이라고 해도 연애까지는 모르지만 '결혼'이라는 제도를 만났을 때…… 장애가 있는 여동생은 넘어야 할 크나큰 장벽이었다.

하늘이 오빠의 결혼은 그나마 수월했다. 군인이셨던 하늘이 오빠의 장인어른께서 군인정신으로 결혼을 허락해 주셨다. 군인정신으로 실면 못 헤쳐 니갈 일이 없다 하시며, 살다 보면 교통사고가 날 수도 있고 사업을 실패할 수도 있고 마약이나 도박에 중독될 수도 있는데 그깟 장애쯤은 별거 아니라고 말씀해 주셨다. 그래도 우리 엄마는 감사하다고 연신 머리를 조아렸다. 우리 엄마도 며느릿감이나 사돈댁이 맘에 안 드는 부분이 있을 수 있는데도 불구하고 '나'라는 존재 때문에 엄마는 눈을 감고 귀를 막고 입을 다무셨다.

더 큰 문제는 구름이 오빠였다. 완강하게 반대하시다가 새언니 될 사람이 단식투쟁에 들어가자 결국 그 고집을 이기지 못해 울며 겨자 먹기로 허락하셨지만 조건이 많으셨다. 결혼할 때 지참금(?)을 많이 내놓아라. 어차피 우리 딸이 무남독녀이니 데릴사위로 보내는 걸로 생각하시라. 별이의 병이 유전이 아니라는 것을 증명할 수 있는 건강검진서를 병원에서 받아서 제출하시라 등등.

엄마는 밤새 잠을 못 주무시고 새벽에 베란다에서 또 메마른 울음을 토해 내시며 '더럽고 아니꼬워서'라고 혼잣말을 하셨다. 그래도 구름이 오빠를 위해 자존심 따위는 버리셨다.

나도 예쁜 드레스를 입고 오빠들을 장가보냈다. 아빠의 빈 의자에는 오빠들이 서로 번갈아서 앉아 주었다. 한복을 입으신 엄마의 허리를 꼬옥 안아 주다가 깜짝 놀랐다. 풍성한 치마폭이 가려 준 엄마의 허리는 삶의 무게로 쏘옥 잘록하게 들어가 있었다. 그렇다고 새드엔딩은 아닐 것이니, 안타깝고 슬프다고 미리 눈물을 찍어 내지는 마시라.

두 오빠를 장가보내고 나는 두 [언니]를 얻었다. 언니들은 천사 같지도 콩쥐 같지도 않았고, 그냥 평범한 이 시대의 젊은 여자들이었다. 또 나 역시도 악마도 아니고 팥쥐도 아닌 보통 사람이란 걸 그녀들은 알고 있었다. 그녀들은 나를 필요 이상으로 [캐릭터화]하지 않았다. 나를 악당 같은 존재로 흑화시키지 않았다. 그래서 나를 특별한 존재로 보지 않고 그저 얄미운 시누이 노릇 안 하는 귀여운 존재로 바라보아 주었다. 마치 자신들의 늦둥이 동생이라도 되는 듯 살갑게 감싸 주었다. 이제야 보통 사람인 내가 보통 사람들인 그녀들과 [보통의 관계]를 열게 된 것이었다.

'나중에 어머니 돌아가신 후에는 우리랑 같이 살 거니까 대신 별이 아가씨도 한몫을 해야 돼. 청소랑 설거지도 가끔 해 주고 조카도 한번씩 봐줘야 돼. 상부상조하며 동등하고 평등하게 살아 보

자. 그러려면 지금보다 더 성장하고 홀로서기도 연습해야 돼. 물론 나도 아가씨를 이해하고 사랑해 주고 왕돈가스도 가끔 만들어 줄게'라고 큰 새언니가 웃으며 따뜻하게 말해 주었다.

작은 새언니는 더 열렬하게 나를 환영해 주었다. 자신의 부모님 때문에 자존심이 많이 깎이고 초췌해진 우리 엄마를 위로하기 위해서였으리라.

'별이 아가씨는 권리를 누리면서 그에 걸맞은 의무도 다할 생각을 해야 돼. 사회적 약자한테 쓰이는 혜택도 다 국민들이 내는 세금에서 나오는 거야. 복지혜택은 당연하게 생각해서도 안 되지만 비굴하게 받을 필요도 없어. 우리 모두 태어나서 늙어 죽을 때까지 생애주기별로 받는 혜택이 다 있어. 복지는 그냥 [공정한 분배]일 뿐이야.

그러니까 혜택을 받는다고 기가 죽을 필요도 없지만, 맡겨 놓은 돈 받는 것처럼 당연하게 생각해서도 안 돼. 물론 베푸는 쪽에서도 마치 적선하는 것처럼 기고만장할 필요도 없다는 뜻이지. 사회적 강자가 살다 보면 약자가 될 때가 있고, 약자도 노력하다 보면 강자가 될 수 있는 것이 인생의 공정한 이치니까.

집을 살 때도 자가면 자가다, 전세면 전세다 있는 그대로 받아들이면 되는 거지. 전세 산다고 자가를 아니꼽게 볼 필요도 없고 전세라 한다고 불쌍하게 볼 필요도 없는 거지.

나무로 태어나면 나무의 일생을 살고 고양이로 태어나면 고양이의 삶을 사는 것일 뿐이야. 나무는 자기 몸에 올라타는 고양이를 귀엽고 사랑스럽게 보면 되는 거고, 고양이는 비빌 언덕을 만들어 준 나무에게 고마워하면 되는 거야. 굳이 상대방을 비교하고 비하하며 단점만 들추고 산다면, 오히려 그 인생이 하찮아지는 거야. 그야말로 아까운 시간을 낭비하고 소중한 인생을 헛되이 보내는 거지.

내가 구름 씨를 사귈 때 두 살 위니까 '오빠'라고 불렀거든? 근데 우리 부모님이 연애금지령을 내리신 상태라서 부모님께는 비밀로 했었거든? 비밀연애가 또 스릴도 있잖아?

근데 어느 날, 부모님이랑 카페를 가서 '아빠, 뭐 마실 거야?' 하고 물어본다는 게 그만 '오빠, 오빠 카라멜마끼아또 마실 거지?' 하고 평소처럼 말해 버린 거지.

아빠가 '뭐? 뭐? 뭔 마끼아또? 너 연애하지?' 하고 대노를 하시고 외출 금지령을 내리셨는데…… 내가 오히려 이제는 솔직해지자고 마음을 먹고 '오빠~ 오빠~ 구름이 오빠~'를 부르며 울고불고 단식투쟁을 했더니 결국 부모님이 허락하셨거든? 남들은 단식투쟁이 승리했다고 말했지만, 오빠를 오빠라 못 불러서 애타고 답답했던 내 마음을 우리 아빠가 이해해 주시고 허락해 주신 걸 거야.

물론 우리 엄마는 별이 아가씨의 존재를 알고는 밖에 나가지 못하게 내 신발들을 다 분리수거함에 갖다 버리셨지만……' 하고 자신의 연애 무용담을 읊으며 나에게로 한 발짝, 두 발짝 용기 있게

 별꼴이얏!

다가와 주었다.

그래서 엄마가 작은 새언니에게 구두를 세 켤레나 사 주셨다는 걸 나중에야 알게 되었다. 물론 그 덕분에 큰 새언니랑 나도 새뺑의 최신 디자인으로 리본 달린 [꼬까신]을 선물받을 수 있었다.

나는 엄마, 아빠, 오빠 다음으로 '언니'라는 단어를 사랑하게 되었다. 그것도 헌언니가 아니고 새언니라니? 얼마나 맘에 드는 이름인지! 새언니, 새언니, 새언니, 새언니, 새언니, 새언니, 새언니, 새언니, 새언니, 새언니~

언니를 너무 불러 대서 언니들이 시끄럽다고 귀를 막기도 했다. 오빠들은 하나뿐인 여동생 힘들게 키워 놨더니 아무 소용없다고 입을 삐죽거렸다. 엄마는 이제 엄마는 안 부르냐고 질투하시며 조금 섭섭해하기도 하셨다.

나를 빌미로 결혼을 완강하게 반대하는 그릇된 행동을 하셨던 구름이 오빠의 장모님이, 2년 후에는 유명한 갈빗집에 데리고 가서 갈비구이와 갈비탕을 사 주기도 하셨다. 그 집의 왕갈비탕이 너무 쫄깃하고 국물이 진하고 맛있었다. 나는 엄마 눈치를 힐끔힐끔 보며 그만 그 안사돈 어른을 용서하고 말았다. '엄마. 어쩔 수 없었어. 목구멍이 포도청이라잖아?' 하는 비굴한 눈빛으로 엄마를 쳐다보았다.

엄마는 안사돈 어른을 너그럽게 용서한 나를 대견하고 가상하다는 표정으로 바라보셨다. 그래도 목구멍이 포도청이라는 표현은 좀 더 간절하고 위급한 상황에 써야지 게걸스럽게 갈비를 뜯으며 쓰는 표현은 아니라는 눈빛으로 나를 살짝 째려보셨다.

그래. 이렇게 스며드는 것이다. 오빠들이 여동생에 대한 편견이 싫다고 차라리 독신으로 살겠다고 결혼을 안 했으면, 나는 평생 언니라는 단어를 불러 보지 못했을 것이다.

[내가 그의 이름을 불러 주었을 때 그는 나에게로 와서 꽃이 되었다]는 [김춘수] 님의 그 따뜻하고 촉촉한 시도 있지 않은가. 내가 언니라고 불러서 젊은 그녀들은 나의 언니가 될 수 있었고, 나를 아가씨라 불러 주어서 나는 그 언니들에게 아가씨가 될 수 있었다. 흐뭇하고 충만한 기분이 들었다.

나는 지구에 사는 동안 언니를 맘껏 불러 볼 것이다. 나중에 별꼴이야에 돌아가면 또 그곳의 언니를 만나 지구의 언니들 얘기를 들려주며 맘껏 수다를 떨 것이다. 한글 중에 [엄마, 아빠, 오빠, 언니라는 네 가지 단어가 가장 아름답다고 얘기해 줄 것이다. 물론 그다음으로는 왕갈비탕과 왕돈가스와 왕꿈틀이 젤리라는 단어가 제일 좋다고 침을 츄르릅거리며 열변을 토할 것이다.

26
성장, 그리고 홀로서기

『데미안』이라는 소설에 나오는 유명한 문장이 있지 않는가? [새는 알에서 나오려고 투쟁한다. 알은 세계이다. 태어나려는 자는 하나의 세계를 파괴해야 한다]라고.

나도 알을 깨야만 했다. 남들 보기에는 나의 알이 작고 초라해 보였을 수도 있다. 하지만 타조알이든 닭알이든 메추리알이든, 그 알은 타조의 전부이고 닭의 전부이고 또 메추리의 전부이다. 그래도 그 전부를 깨고 나와야만 진짜 [삶]을 살 수가 있다.

나도 [장애]라는 나의 알을 깨고 나와야 했다. 알을 깨고 나와 성장하고 홀로서기를 해야 했다. 보통 성장은 외형적인 성장을 이야기한다. 나도 많이 먹고 잠을 푹 잤더니 살이 찌고 키가 컸다. 하지만 문제는 내면적인 성장이었다. 내면적인 성장이라. 독립심, 인내심, 차분함, 따뜻함, 타인을 위한 배려심 등등 여러 가지가 있을 것이다. 그런데 엄마는 내면적인 성장이란 [좋은 생활 습관]이라고 말씀하셨다.

상대방이 말할 때 끼어들고 싶어도 차분하게 1부터10까지 기다렸다 말하는 습관, 엘리베이터 탔을 때 안쪽으로 비켜서 들어오는 탑승객에게 자리를 만들어 주는 습관, 문을 열 때 뒷사람이 다치지 않게 문을 잡아 주는 습관, 아침에 일어나서 쭉쭉이 운동을 하고 물 한 잔을 마시는 습관, 저녁에 잠자리에 들기 전에 핸드폰을 손 닿는 곳이 아니라 먼발치에 두는 습관, 더 많이 배 터지게 먹고 싶어도 적절하게 자제하고 숟가락을 식탁에 명쾌하게 놓는 습관,

명쾌하게 놓지 못했을 때는 웃차웃차 상쾌하게 운동을 하는 습관, 남들이 무례한 행동을 할 때는 '예의에 어긋난 행동을 하시네요' 하고 올바른 말을 할 줄 아는 습관, 그 사람이 미울 때는 살짝 흉을 봐서 그 사람의 귀를 간지럽히는 정도는 괜찮지만 막무가내로 갈비 뜯듯이 헐뜯지는 않는 습관, 그러니 이유 없이 내 몸이 아프고 뭔가 찝찝한 기분이 들 때는 내가 뭔가 잘못된 언행을 해서 누군가가 나를 헐뜯는구나 생각하고 내 언행을 먼저 반성하는 습관, 말을 유려하게 못 하고 글을 많이 못 쓰는 대신 짧은 말과 글일지라도 예쁘게 말을 하고 착하게 글을 쓰는 습관, 내가 못 가진 것을 욕심내지 말고 가지고 있는 것에 감사하는 습관 등등. 좋은 생활 습관이 결국 내면을 성장시킨다고 하셨다. 머릿속으로 백날 생각만 해서는 소용이 없고 행동으로 실천을 하셔야 한다고 강조하셨다. 그래야 내면이 성장하고 외형적인 발전이 있다고 하셨다.

아항. 내면적인 성장을 너무 어려워했었는데 이렇게 쉬운 것이었다니? 나는 하나하나 실천하기 시작했다.

"엄마, (이렇게 맛있는) 돈가스(를 만들어 주셔서) 너무 고맙습니다!" 큰 소리로 예쁘게 말을 했다. 맛있으면 예쁘지!

[엄마 돈가스, 지구에서 최고 마디씁니다.]

일기장에다 착하고 착하게 글을 썼다. 맛있으면 착하지!

엄마들 쉬시라고 친구들끼리만 대중교통을 이용해서 놀이 공원에 가서 놀이기구를 안전하게 맘껏 타고 파티룸에 가서 뒤풀이로

피자와 콜라도 맘껏 마시며 치팅데이를 즐겼다. 우리 엄마들도 이제 가끔씩 친구들과 모여 치맥데이를 즐기시며 한가롭고 자유로운 시간을 즐기셨다.

내가 세상에 태어나고 오랜 시간을 힘들게 보내야 했었다.

"도대체 너는 어느 별에서 왔니? 도대체 니 머릿속엔 뭐가 들었니? 똥 덩어리?"

사람들이 나에게 비관적인 질문들을 거침없이 해 줬었다.

'나는 별꼴이야에서 왔지! 내 아이큐는 200이라서 당신 같은 똥 덩어리들이 이해하기 힘든, 철원 오대쌀 햅쌀로 갓 지은 김이 솔솔 나는 쌀밥 같은 존재란다! 니들처럼 잡스러운 인간들이 아니라 심오하고 격이 높은 귀하디귀한 존재라고!' 하며 나 역시 치졸하고 격이 낮게 마음속으로 맞받아쳤었다.

이제 드디어 스무 살의 성인이 되어 그들의 질문에 다시 대답하겠다. 그들의 불안한 물음표에 단단한 느낌표로 대답하겠다. 마지막 퍼즐을 빈틈없이 완벽하게 맞춰 주겠다.

[나는 별꼴이야에서 파견된 정보원이야. 나는 지구에서 새롭게 태어난 '이 별'이야. 나는 IQ 55의 발달장애인이고, 당신들과 더불어서 세상을 살아가는 그냥 보통 사람이야라고 대답하겠다.

지구에서 아름다운 한글을 많이 배웠으니 나도 마지막은 우리 별꼴이야의 언어로 화답하겠다. 에헴.

[울라까꾸 빨라시, 오꼴띠꼴 띠띠꼬꼴! (너무 행복하다!)]

에필로그

엄마는 67세에 세상을 떠나셨다.

엄마의 말에 따르면 쓸데없는(애기 젖을 먹일 일이 끝난, 외형적인 아름다움에서도 멀어진, 그저 덜렁거릴 뿐인), 양쪽 유방에 암 덩어리가 생겨서 2년을 투병하다 숨을 거두셨다. 의사 선생님은 분명히 유방암이라고 하셨지만, 우리나라 여성들에게 유독 치밀유방이 많다고 꼼꼼하게 설명해 주셨지만, 나는 그 말을 믿지 않았다.

엄마는 외계인인 나를 30여 년 노심초사 키워 내시느라, 지구를 떠난 아빠를 절절하게 그리워하시느라, 유방부터 서서히 석회화가 진행되고 결절이 되어서 마침내 온몸이 굳어 버린 것이었다.

엄마가 숨을 거두기 직전, 나는 엄마의 손을 잡고 긴 이야기를 나누었다. 처음으로 열 문장이 넘는 말을 했다.

어떻게 그게 가능했냐고?

나는 왼쪽 찌찌를 꾸욱 세 번 눌렀다. 예전에 왼쪽 찌찌에 비밀이 있다고 했던 걸 기억하는가? 왼쪽 찌찌는 [SOS 버튼]이었지만 동시에 [언어만능 버튼]이기도 했다. 언어만능 버튼을 눌러 한국어든 영어든 맘껏 할 수 있었지만, 지구에 있는 동안은 딱 한 번 누를 수 있었다.

보통 사람들처럼 말을 마음껏 해 젖혔다면, 진짜 위험한 상황에 직면해서 목숨이 위태로울 때 별꼴이야 행성에 보내는 구조 신호를 보낼 수 없다. 100년을 지구에서 안전하게 살아남기 위해 30년

동안을 왼쪽 버튼을 누르지 않고 미흡한 존재로 살아야 했다. 나는 앞으로도 지구에 70년이나 더 머물러야 한다. 지금 찌찌를 눌러 버리면 남은 70년의 안전을 보장할 수 없다. 하지만 엄마의 마지막 순간을 맞이한 지금, 이 버튼을 누르지 않고는 견딜 수가 없었다. 온몸이 부르르 떨리며 버튼을 누르라고 요구하고 있었다. 별꼴이야로 귀환하지 못하고 이 지구에서 강도의 칼에 찔려서 쓸쓸히 죽어 갈지라도 지금 이 순간 '하고 싶은 말'을 해야 한다고 강력하게 부르짖고 있었다.

내가 본능에 이끌려 오른쪽 검지손가락을 들었다 엄마가 힘없는 손으로 내 손가락을 잡았다. 어쩌면 엄마는 알고 계셨을지도 모른다. 이 버튼이 나의 마지막 기회라는 것을.

(하지만 나도 지금 '레버리지 찬스'를 써야만 한다.)

삐이익.

"엄마, 사랑해요. 저의 엄마로 미리 태어나 주셔서 고마워요. 하늘이 오빠와 구름이 오빠를 저의 오빠로 미리 낳아 주셔서 감사해요. 저에게 멋진 아빠를 만들어 주셔서 감사해요. 저에게 맛있는 음식 많이많이 해 주셔서 고마워요.

[왕갈비탕], 많이 사 주셔서 최고였어요. 저를 이 위험천만한 지구에서 30년을 안전하게 키워 주셔서 감사해요.

그동안 홀로서기도 연습했고 가족들과 선생님들 덕분에 많이 다듬어졌잖아요. 저는 엄마가 주신 그 [사랑]과 엄마가 가르쳐 주신 그 [용기]로 남은 70년을 안전하게 잘 살아 낼 수 있어요. 먼저 가서서 아빠를 만나 행복하게 살고 계세요. 70년 후에 다시 만나요.”

“……”

엄마는 생전에 들어 본 적 없던, 철부지 막내딸의 길고 긴 작별 인사를 들으며 눈을 감으셨다.

우리 엄마는 별꼴이야에 입성하는 첫 지구인이 될 것이다. 나는 비로소 30년 만에……

내게 주어진 임무를 성공적으로 마쳤다.

별꼴이얏!

2025년 9월 10일, 추석 연휴에 이 글의 첫 문장을 썼습니다.

시작할 수 있게 용기를 주고, 시간과 공간을 배려해 준 (그 남자, 고니)에게 무한한 감사인사를 전합니다.

9월 16일, 경기도의 어느 카페에서 어설픈 몇 개의 에피소드를 읽고, 따뜻한 눈물을 흘려 준 (그 여자, SJ)에게 많이 고맙다고 말하렵니다.

이 글의 모티브를 제공해 준 (수많은 별들)에게 더없는 경의를 표합니다. 남들이 계란으로 바위를 치는 격이라고 무시하고 비아냥거렸을지라도, 기필코 그 수많은 계란으로 바위 한 귀퉁이를 부서뜨리고 있는 그들의 '순수한 노고' 덕분에, 저는 오늘도 한 뼘 자라납니다.

© 유자람, 2026

초판 1쇄 발행 2026년 2월 9일

지은이   유자람
펴낸이   이기봉
편집   좋은땅 편집팀
펴낸곳   도서출판 좋은땅
주소   서울특별시 마포구 양화로12길 26 지월드빌딩 (서교동 395-7)
전화   02)374-8616~7
팩스   02)374-8614
이메일   gworldbook@naver.com
홈페이지   www.g-world.co.kr

ISBN   979-11-388-5403-0 (03810)